長編小説

# 人妻 完堕ち温泉旅行

草凪 優



竹書房文庫

目次

※この作品は竹書房文庫のために
書き下ろされたものです。

# プロローグ

好きな電車はなんですか？

誰かにそう訊ねられたら、仲村知香《なかむらちか》は小田急ロマンスカーと答える。

ゆったりとしたシート、停車駅の少ない特急、座席で駅弁をひろげる旅情、新幹線ほど遠くに行くわけではないから肩も凝らない――などという理由もあるが、なにより名前が好きだった。「ロマンス」という言葉にはちょっとレトロな、けれどもどこか大人びた恋愛のムードがある。

とはいえ、今回の小旅行にロマンスはない。

向かい合わせにした四人掛けの席に、座っているのは女ばかり。

知香の隣の藤野綾子《ふじのあやこ》は、最年長の三十六歳。知香が最近通いはじめたホットヨガ教室のインストラクターをしている。

向かいの席は、山岸香緒里《やまぎしかおり》と弓永佐代《ゆみながさよ》。ふたりとも三十二歳の同い年――高校時代からの親友らしいが、顔立ちも華《はな》やかなら性格も明るい香緒里と、口数が少なくておとなしい感じの佐代は、まるで太陽と月のようだった。彼女たちともまた、ホットヨガ教室で知りあった。

知香は最年少の二十七歳。かつては銀座の百貨店で受付嬢をしていたが、現在は専業主婦で、もうすぐ三歳になる娘がいる。

「それじゃあ乾杯しましょう。かんぱーいっ！」

綾子の音頭で、各々持っている缶を合わせた。缶ビールと缶チューハイ――知香はみかん味のチューハイだった。

「……おいしい」

ひと口飲むと、自然と言葉が出た。陽が高いうちからお酒を飲むなんて、いったいいつ以来のことだろう？　特急列車に乗って小旅行というのも、間違いなく三年以上はおあずけだった。

娘が生まれて以来、いや身籠《みご》もったときから、知香の生活は子供中心になった。自分の実家も夫の実家も遠いから、初体験の育児に毎日疲れ果てるまで翻弄《ほんろう》されている。そんなつらい生活から、ようやく解放されたのだ。もちろん、子育てはまだまだ続くけれど、夫に子供を預け、気の置けない女友達と小旅行に行くことができるところまで辿りつけたことを素直に喜びたかった。百円の缶チューハイがこんなにもおいしく感じられるのは、久しぶりに味わう解放感のおかげに違いない。

目的地は箱根《はこね》の温泉――湯煙と眺めのいい景色が迎えてくれると思うと、浮き足だった気持ちになるなというほうが無理な相談だった。

（箱根かあ……結婚する前に付き合ってた彼と何度か行ったな……）

車窓を眺める知香の眼が、次第に遠くなっていく。

現在の夫は家電メーカーに勤めている平凡なサラリーマンだが、その前に交際していた恋人は、三十歳そこそこの若さでコンサルティング会社を経営しているリッチな男だった。週末ともなれば小旅行に出かけることも珍しくなく、夏は海や高原、秋冬は温泉が定番だった。芸能人が泊まるような高級旅館に連れていってもらったこともあり、楽しい思い出がたくさんある。もっとも、その手の男にありがちな話だが、病的な浮気性だったので、結局は別れを選ばざるを得なかったが……。

（でも、女同士の小旅行も悪くないわよ……）

知香にはこれまで、女同士で小旅行をした経験がなかった。というか、もうずいぶんと長い間、同性の友達自体がいなかった。女同士のベタベタした関係が苦手で、学校や職場では女のグループからは距離をとっていたし、距離をつめてこようとする人は警戒した。

しかし、出産を経て育児真っ只中のいま、女友達のありがたさが身に染みている。日々育児に翻弄されている新人ママの愚痴を、夫は面倒くさがって聞いてくれない。日々巻き起こる細々としたトラブルの対処法だって、男に訊ねても合点のいく答えが返ってくることは少ない。

その点、子育ての先輩である女友達ならどんな愚痴でも聞いてくれるし、自分も同じ悩みを抱えていたと共感してくれることが多い。家事や育児に関するトラブルシューティングだってお手のもので、グループLINEにSOSを出せば、瞬時にして眼から鱗《うろこ》の解決策が示される。

綾子も香緒里も佐代も、それぞれ子持ちのママだった。綾子の息子なんてもう十五歳になるらしいが、そんなふうにはまったく見えない。ホットヨガのインストラクターをしているくらいだから、モデルのようにスレンダーだし、なにより眼鼻立ちが端整な美人だ。おまけに意識が高いから、美容や健康についてとても詳しい。

類は友を呼ぶものらしく、香緒里や佐代も美人と呼んで差し支えない容姿をしていた。知香はだから、この三人といると、自分も高められるような気がした。育児に忙殺されている中でも、なにかひとつくらいは自分の時間をつくりたいと思い、ホットヨガ教室に通いはじめて本当によかった。

箱根の旅館に到着した。

芸能人御用達《ごようたし》の高級旅館とまでは言わないが、食事は部屋に運ばれてくるようだし、貸切にできる温泉風呂もある。なのに、お値段はかなりリーズナブル。まだ午後三時だったので、明るいうちからお湯に浸かれば解放感もひとしおだろうと、みんなでいそいそと貸切風呂に向かった。

（うわあっ、すごいっ……）

脱衣所から最後に出た知香は、三人が裸でかけ湯をしている光景に圧倒されてしまった。

誰もが脱いだらすごかったからだ。女同士とはいえ、裸をジロジロ見るのはマナー違反だとわかっていても、横眼でうかがわずにはいられなかった。

綾子は泣く子も黙るモデル体形。手脚が長く、腰の位置が高い。ホットヨガはもちろん、スポーツジムにも熱心に通っているらしいから、しなやかさがすごい。ヒップは小ぶりでも太腿《ふともも》との間にくっきりと線ができていて、それがいいスタイルの条件であることは、ボディメイクに少しでも興味がある人なら誰だって知っている。

香緒里は服を着ているときはシュッとしているのに、乳房やお尻の丸みが尋常ではなかった。細身でも女らしく、出るところはしっかり出て、引っこむべきところはしっかり引っこんでいる。しっとりした色っぽさという意味では、三人の中でもいちばんかもしれない。

佐代は巨乳だった。顔立ちは日本人形のようなお淑《しと》やかさなのに、乳房はゆうにG

カップはありそうなほど豊満で、おまけに乳首が薄ピンク。隆起の大きさに比例して乳輪が大きいせいもあるのだろうが、子持ちの三十二歳なのに乳首が薄ピンクなんてほとんど反則だ。巨乳だからといって太っているわけではなく、腰のくびれは蜜蜂のようだ。

一方の知香は……。

二十七歳と最年少にもかかわらず、裸身を堂々とさらけだすことができなかった。みんなに背中を向けながらのろのろとかけ湯をし、背中を向けたままお湯に入っていった。

スタイルに自信がないからだ。

どこが悪いというわけではなく、日本人の女の多くがそうであるように、幼児体型の名残がまだある。乳房もお尻も三人に比べるとまだまだ発展途上という感じだ。そしてもちろん、この歳になるとこれから発展する望みも薄い。

銀座の百貨店で受付嬢をしていたくらいだから、知香は可愛い顔をしている。眼は大きいし、鼻筋も通っているし、唇だってサクランボのように赤いから、顔には自信があるのだが、スタイルとなると……。

「綾子さん、やっぱりスタイル抜群ですねえ……」

香緒里が綾子に言った。

「十五歳の子持ちでそこまで引き締まった体してるなんて、芸能人でもなかなかいないんじゃないですか」

「まあ、わたしはお金も時間もかけているから」

綾子は余裕綽《しゃくしゃく》々で笑っている。

「わたしなんかより、あなたのほうがずっと色っぽいじゃない。温泉美人ってあなたみたいな人のことを言うんじゃないかしら」

「はあ……」

香緒里は苦笑まじりの溜息をついた。

「わたしなんて、もう萎《しぼ》んでいくだけですよ。お風呂上がりに鏡を見るたびにがっかりしてて……」

「どうして？」

綾子は心配そうに眉をひそめる。

「だって……女の体ってやっぱり……ヨガとかジムとかも必要でしょうけど、やっぱりその……」

「セックスか」

あけすけな性格な綾子は、ズバリ口にした。

「男に抱かれていないと、女性ホルモンが活性化しないもんね。ご主人と最近してないの？」

「最近どころか、もう何年もセックスレス……」

香緒里はお湯に浮かんでいる自分の乳房を眺めながら力なく言った。

「それはまた、穏やかな話じゃないわね」

「夫はもともと草食系で、性欲が薄いというかなんというか……でも、仕事は一生懸命だし、子育てにも積極的に関わってくれるから、結婚して後悔してるってわけじゃないですけど……」

「まあ、世の中の夫婦なんてたいていがセックスレスなんじゃないの」

綾子は香緒里を励ますように言うと、

「ねえ？」

と佐代に同意を求めた。佐代は大きくうなずき、

「香緒里にはわたしもよく相談されるんですけど、こっちだってセックスレス継続中だから、なんて答えていいか……」

「そうよねえ。うちもセックスしなくなって何年だろう？　それでも意外に夫婦関係は良好だし」

「諦めたほうがいいんでしょうか……」

「まあ、諦めるっていうか、他にいいところ探すっていうか……セックスだけは異様

に強くても、仕事はしないし、家事も手伝わないってダンナさんより、よっぽどいいじゃない」

「知香ちゃんは？」

佐代が声をかけてきたので、知香の心臓はドキンと跳ねた。

「あなたのところはまだ、夜もアツアツでしょ？　ご主人も若いし、なんてったって新婚二年目？　三年目？」

「丸三年で、もうすぐ四年目になりますけど……」

蚊《か》の鳴くような声で答える。

「まさかもうセックスレスなの？」

「いえ、その……そこまでじゃないと思うんですけど……」

嘘はついていなかった。知香と夫は、たしかにセックスレスではない。しかし、その兆候がないわけではなかった。

夫の誘い方にムードがないせいだ。正確に言えば、結婚する前はあったものが、ひとつ屋根の下で暮らすようになり、どんどんなくなっていったというか、メッキが剝《は》がれてしまったというか……。

たとえば、「いまAV観てたら興奮しちゃったよ。久しぶりに一発やるか？」と声をかけてくる。よれよれのTシャツにトランクスという、だらしない格好でだ。いく

らなんでも、そんな誘い方でベッドインするわけにはいかないと抗議すると、

「ハッ、いつまでお姫さま気取りなんだよ」

と吐き捨てるように言われた。

独身時代の知香はたいへんモテたから、夫は結婚して三年も経っているのに、まだ嫉妬しているのだ。銀座の百貨店で受付嬢なんてしていたらモテるに決まっているし、逆にモテなければ困る人気商売に近い。知香は仕事柄、モテるための努力を怠《おこた》らなかったが、それも結婚するまでの話である。もう子供まで産んでいるのに、いったいいつまで根にもっているつもりだろう？


温泉からあがると、いったん旅館の外に出た。

綾子がネットで見つけたというアロママッサージ店に行くため、四人は夕暮れ間近の温泉街を浴衣《ゆかた》姿でそぞろ歩いた。

施術室が完全個室になっている店はかなり立派な造りだった。温泉でゆるくほどけた体にマッサージは効果抜群で、知香はしばしの間、夫のことも子育てのことも忘れて、桃源郷《とうげんきょう》にいるような気分を味わった。

そこまではよかった。

問題が勃発したのは、旅館に戻って部屋で夕食になってからだ。

(今日はカロリーとか気にしないでたくさん食べちゃおう……)

色とりどりの料理が並んだテーブルを眺めると、知香は口内に唾液があふれるほど食欲がこみあげてきた。小さな子供がいる母親は、ゆっくり食事もとれない。とくにこの前まで赤ん坊だった二歳児と一緒では、キッチンで残り物をつまむのがせいぜいだから、旅館での上げ膳据え膳は夢のような贅沢である。

しかし、知香や香緒里や佐代が、露天風呂の解放感やアロママッサージの心地よさについておしゃべりに花を咲かせながら箸《はし》を進めているのをよそに、綾子はろくに食べもせず、じっと押し黙ったまま、お酒ばかり飲みつづけていた。最初に頼んだお銚子が空になると、おみやげ用に買ったはずの四合瓶まで開けて手酌である。

(どうしたんだろう?)

思えば、アロママッサージ店を出たあたりから、綾子の様子はおかしかった。いつもの明るくハキハキした性格が鳴りをひそめ、神妙な顔で塞ぎこんでいた。

知香と同じことを思ったのだろう。

「綾子さん、なんか元気ないですね?」

「お酒ばっかり飲んで、どうしちゃったんですか?」

香緒里と佐代が、笑顔で声をかけた。ふたりとも少し酔っていて、心配しているというより、茶々を入れた感じだった。

「うん……それがね……」

綾子はなにかを言いかけたが、深い溜息をついて口をつぐんだ。

「せっかくみんなで温泉に来たのに、そんな暗い顔はなしですよ」

「心配事があるなら、なんでも言ってください。わたしたち、愚痴でもなんでも聞きますから」

「うーん……」

綾子は腕組みをして唸った。眼をきょろきょろさせ、かなり逡巡しているようだったが、やがて声をひそめて話を切りだしてきた。

「実はね……わたし、口説《くど》かれちゃったの」

「はっ？」

知香はもちろん、香緒里と佐代も鳩が豆鉄砲を食ったような顔になった。

「いったいなんの話なんですか？」

香緒里が訊ねると、

「さっきのアロママッサージ店で……」

綾子は他の三人の顔色を上眼遣《うわめづか》いでうかがいながら言った。

「施術してくれたセラピストが口説いてきたの。お店が終わったら、ふたりきりで会わないかって」

「嘘でしょ」

「そういうのって、なんか、ねえー」

香緒里と佐代が、眼を見合わせて酸っぱい顔をつくる。

「通報したほうがいいんじゃないですか？　お店の経営者に」

「それより、SNSよSNS。実名で糾弾《きゅうだん》してやりましょうよ」

「ちょっと待って」

身を乗りだしたふたりを、綾子が制した。

「わたしはその……口説かれて腹が立ったとか、屈辱を受けたとか、そういうことを言いたいんじゃないのよ」

「……どういうことです？」

「だからその、彼が……そのセラピストがちょっとセクシーな人でね。まあ、好みっていうわけじゃないんだけど、やたらとエッチが上手《うま》そうだったから……」

知香の顔は、にわかに熱くなった。先ほど四人で行ったアロママッサージ店は、男性セラピストしかいなかった。女性客でも男性セラピストが施術をするというので、最初はかなり引いてしまったが、綾子がすでに予約してしまっていたから、断ることもできなかった。

（けっこう、きわどいところも触られたわよね……）

太腿の付け根までぐいぐいと揉みしだかれると鼓動が乱れてしようがなかったが、こちらは二十七歳の子持ちである。恥ずかしがるのも格好が悪いとスルーしているうちに、きわどいところから手指は離れていった。

「ねえ、どう思う？」

綾子がみんなの顔色をうかがいながら言う。

「やっぱりまずいわよね、そんな話に乗ったりしたら……」

「まずいっていうか、綾子さん既婚者じゃないですか？」

香緒里の言い方が冷笑っぽかったせいだろう、綾子はカチンときたようだった。

「そうよ、既婚者よ。でもセックスレス。女性ホルモンはカラカラ……わたしだってね、口説かれたのが青山あたりのマッサージ店だったら、即座に断ったわよ。東京だと誰が見ているかわからないし……でも、ここは箱根の温泉街。知ってる人なんて誰もいない。つまり、セックスできる絶好のチャンスなの。もしこのチャンスを逃したら、わたし、またずーっとセックスレス。そう思ったら……」

綾子の剣幕に、他の三人は押し黙った。

「あーっ、やっぱりダメ。我慢できない。申し訳ないけど、わたしちょっと行ってくる。みんなは盛りあがってて。あっ、わかってると思うけど、この話は絶対誰にも内緒だからね……」

話の途中から腰を浮かしていた綾子は、言いおえるなり部屋を飛びだしていってしまった。

残された三人は呆然自失の状態で、しばらくの間、誰も口を開かなかった。

「さっきのマッサージ店のセラピスト、そんなに格好よかった？」

香緒里がボソッと言い、

「まあ、それなりに……」

佐代が答えて知香を見た。

「わたしの担当も、まあ……年は二十代半ばで、よく言えば韓流アイドル、悪く言えばホストみたいな……」

「あっ、わたしの担当もそんな感じだった」

佐代が大きくうなずく。

「ホントぉ？　じゃあ、わたしの担当だけはずれだったのかなぁ……」

香緒里ががっかりした顔で言う。

「ブサイクって感じではなかったけど、イキッたラーメン屋のおにいちゃんみたいな人で……腹立つなあ、わたしだけはずれかぁ……」

「あんた年下のイケメンなんて大嫌いなんだから、そんなこと言ったってしようがないじゃない？」

佐代が苦く笑い、

「まあ、そうだけど……」

香緒里も照れた顔で苦笑した。

「でもその……いくらセックスレスっていったたって、綾子さん、ちょっと大胆すぎませんか？　結婚して子供もいるのに……」

知香の言葉に、香緒里と佐代がうなずいた。室内に重苦しい空気が流れる中、三人は黙って酒を飲みつづけた。

# 第一章　欲情マッサージ

1

藤野綾子は旅館を出ると早足でアロママッサージ店に向かった。

といっても、浴衣に下駄履きなのでちょこちょことしか歩けない。慣れない和装、昭和風情の古めかしい温泉街の光景、さらに、どこからか漂ってくる硫黄《いおう》の匂いも相《あい》俟《ま》って、歩けば歩くほど現実感が薄れていく。まるで女優になり、映画のワンシーンを演じているかのようだった。

(セックスがしたい、セックスがしたい、セックスがしたい……)

胸底《きょうてい》で呪文のように唱えている。

そんな自分もまた、普段からは考えられなかった。完全に飢えていた。こんなにもセックスがしたくてたまらないのは、生まれて初めてかもしれない。

もともと性欲が強いほうではない、とは言わない。独身時代は恋こそが人生の花であると信じて疑っていなかったし、朝まで何度も愛しあった忘れられない夜もたくさんある。ただ、綾子ももう三十六歳。恋やセックスからはすっかり卒業したつもりになっていたのだ。

セックスレスでも、結婚して十六年になる夫との仲は良好だった。雑貨を輸入する会社を経営している夫は、ここ数年、海外出張がとても頻繁になった。業績が順調なのは喜ばしいことだが、帰宅してもまた一、二週間で機上の人になってしまう。セックスどころかスキンシップさえほとんどないのが日常となり、おまけに十五歳になったひとり息子は、イギリスの高校に留学してしまった。

もはやほとんどひとり暮らしのようなものだったが、綾子は嘆きはしなかった。夫の海外出張が多いのも、息子の留学も長い人生のごく一部であると割りきり、こういうときこそ自分をアップデートするべきだと考えた。

十年以上続けているヨガはもちろん、パーソナルトレーナーのつくスポーツジムに入会し、ボディメイクに励んだ。その結果、二十代のときより引き締まったスタイルになったし、薬膳教室や美容系の講座にも足繁く通い、丁寧な生活を送るよう心掛けた。毎日が充実していてそれなりに満足感を覚えていたが、強がりだったのかもしれない。本当は淋しくてしょうがなかったのだ。

夫も息子もいない家で、綾子はオナニーばかりしていた。

最近のセルフプレジャーグッズはすごい。クリトリスを吸引するタイプを使えば、ひとりでも声が出るほど乱れてしまうし、電気マッサージ器で骨伝導のコツをつかんでからは、五分かそこらの間に三度も四度も立てつづけにイケるようになった。

しかし、オナニーとセックスはやはり別物なのだ。セックスというか、愛撫といったほうが正確だろうか？　先ほどアロママッサージを受けたとき、つくづく思い知らされた。

ケーシー白衣に身を包んだセラピストは、五十がらみの中年男だった。伊橋勝治《いはしかつじ》という名前で、頭髪は薄いし、背も低いし、六頭身のぬいぐるみみたいなずんぐりむっくりした体型で、お世辞にも格好いいとは言えない男だ。

純粋に体の凝りをほぐしてほしかった綾子は、セラピストを容姿で差別したりしなかった。むしろ、ベテランの人のほうがマッサージも上手いに違いないと期待しながら、ベッドの上にうつ伏せになった。

実際、上手かった。綾子は都内でも様々なマッサージ店やエステサロンを利用したことがあるが、断トツでナンバーワンだった。とはいえ、それは純粋なマッサージとは言えなかった。伊橋のむっちりした太い指から繰りだされるのは、凝りをほぐすためというより、愛撫に近かったのだ。

たっぷりとオイルをまとった手のひらで念入りに太腿を揉みしだかれると、両脚の間がジンジン疼《うず》きだした。わたし欲情してる？　と思ったときにはすでに欲情しきっていて、ハアハアと息がはずみだすのをどうすることもできなかった。

綾子の変化を伊橋は見逃さなかった。

太腿の付け根をむぎゅむぎゅと揉みしだいている手指が、疼いている女の部分をかすめてきた。偶然を装《よそお》っていたし、店で渡された薄いコットン製の使い捨てショーツを穿いていたけれど、綾子の体はビクッと跳ねた。うつ伏せで顔を枕に押しつけていなければ、声が出ていただろう。

「リラックスしてくださいね」

容姿には見るべきところがない伊橋だが、声だけは低いバリトンで、ミュージカル俳優のようにセクシーだった。

「毎日気を張って頑張ってるんでしょう？　体に触ればわかります。だからこんなときくらいは、自分を解放してあげてもいいんじゃないですか」

言いながら、すりっ、すりっ、と疼く部分に触れてくる。使い捨てショーツを穿いていても、じわっという快感が下腹の奥まで染みこんでくる。

「お客さん、女風《じょふう》って知ってます？」

「えっ？」

綾子は知っていたが、唐突に質問されたので素っ頓狂《すっとんきょう》な声をあげてしまった。

「女性用風俗ですよ。最近、都会じゃ大流行だってもっぱらですけど」

「そっ、そんなの使う人いるんですかねえ……」

綾子はとぼけた。はっきり言って、女風には興味津々で、ネットで何度も検索したことがある。結局、勇気が出なくて利用したことはなかったが……。

「使いたい人はたくさんいるでしょう。というか、女性にこそ風俗は必要なんじゃないかな？　私らは、女風なんかが話題になるずっと前から、女性のお客さんを癒《い》やしてきましたからねえ……はい、もう少し脚を開いて」

「えっ？　ええっ？」

太腿の付け根を揉みしだける程度には、すでに両脚を開いていた。伊橋はそれをさらに開いたうえに、両膝を立てるようにうながしてきた。

（こっ、こんな格好っ……）

綾子は顔から火が出そうになった。上半身は伏せているが、ほとんど四つん這いの格好にされてしまったのだ。いままでマッサージを受けていて、四つん這いになったことなんてない。

恥ずかしかった。両膝を立てて尻を突きだした格好は、そのままセックスの体位である。使い捨てショーツは薄いコットン製だから、尻の中心が心細くてしようがなかった。ＶＩＯは綺麗に処理してあるものの、もっと生々しいものが透けているのではないだろうか？

「素敵なお尻ですね？」

バリトンボイスがヒップに降り注いでくる。

「こんなに丸々としたお尻、初めて見ました。いやー、格好いい」

お世辞とわかっていても、綾子の胸は躍った。ヒップは自分の体の中でも、もっとも気に入っているパーツだからだ。親にもらった体ではない。ヨガと筋トレにより、自分でつくりあげた作品のようなものなのである。

しかし、内心でニヤけていたのも束の間、綾子の息はとまった。伊橋の両手がショーツの中に入りこみ、尻の双丘を撫でまわしはじめたからだ。

（ちょっ……まっ……そこまでするの？）

それはもはや、完全にマッサージの領域を逸脱した性的な愛撫だった。「やめてください！」と叫び声をあげ、店を飛びだしてもいいようなセクハラ行為——にもかかわらず、綾子はなにも叫ばなかったし、体を動かすこともできなかった。

気持ちがよかったからである。

伊橋の両手はオイルでヌルヌルの状態だから、丸い尻丘を丹念に撫でられると、うっとりしてしまった。それに加え、薄いコットン製の使い捨てショーツが、股間に食いこんでくる。伊橋の両手は尻丘をすっぽり包んでいたショーツの下に入っているので、両手が動きまわれば必然的にショーツが上に引っぱりあげられるのだ。

（やっ、やめてっ……）

伊橋は完全に確信犯だった。その証拠に、尻の双丘を撫でながら、クイッ、クイッ、とリズムをつけてショーツを引っぱりあげてきた。もはや尻を撫でることより、ショーツを股間に食いこませることのほうが目的としか思えなかった。しかも、そんなことをしながら、ヒップに生温かいオイルを垂らしてくる。

「くううっ……」

ボトルから直接垂らされたオイルの量は多く、股間にまで流れてくる。いや、股間を狙って垂らしているのでは……。

綾子はふたつの感情に心を引き裂かれていた。薄いコットン製のショーツがオイルにまみれれば、女の花が透けてしまう可能性が高かった。アーモンドピンクの色艶《いろつや》や、びらびらした形がくっきりと……。

恥ずかしかったが、その一方で安堵もしていた。なぜなら、ショーツはすでに濡れていたはずだからだ。クイッ、クイッ、とショーツを股間に食いこまされて、あれほど疼いていた女の部分が新鮮な蜜をあふれさせないわけがない。いやらしいシミさえつくっていたかもしれず、オイルによってそれがカムフラージュされるなら、少しは救いになる。

とはいえ、そんなことを考えていられたのも束の間のことだった。伊橋のむっちりした太い指がショーツの中にもぐりこんできたからである。今度のターゲットは丸い尻丘ではなかった。

「あうっ！」

花びらに触れられると、さすがに声が出た。オイルのせいか、あるいは自分が分泌したもののせいか、指が動くとやたらとヌルヌルしていた。恥ずかしさのあまり、綾子は燃えるように熱くなった顔を枕に押しつけた。

伊橋は黙々と指を動かしてきた。派手な動きではなく、むしろ動きは最小限だったが、感じるところをピンポイントで刺激してきた。

花びらの裏表、肉穴の入り口、さらにクリトリス……。

（あああっ、いやっ……いやあああああっ……）

綾子は身をよじらずにはいられなかった。両膝を立てて突きだしているヒップを、いやらしいほど振りたててしまった。

「リラックスしてくださいね」

伊橋は濡れまみれた女の花をねちゃねちゃといじりながらささやいた。

「気持ちがよかったら、声を出しても大丈夫です。施術室の壁はラブホテル並みに厚いですから、隣に聞こえることはありません」

「ぐぐっ……ぐぐっ……」

綾子は歯を食いしばり、時に唇を嚙《か》みしめて、声をこらえた。壁が厚いとか薄いという問題ではなく、自分はいま、マッサージを受けているのだ。あえぎ声なんて出していいはずがない。

（あぁおおおおーっ！　そっ、それはっ……それはダメッ……）

むっちりした太い指が、ついに肉穴に入ってきた。最初は浅瀬をヌプヌプと穿《うが》つだけだったが、次第に深く侵入してきた。肉穴の中にびっしりと詰まったひだひだを、ねちっこく搔《か》き混ぜられた。ぬちゃっ、くちゃっ、という粘っこい音が、耳から聞こえてくるのではなく、体の内側で響いている。

2

「それじゃあ、あお向けになってください」

小刻みに震えている体を伊橋に支えられて、綾子は体を反転させた。ハアハアと息をはずませながら天井を見上げると、ひどくまぶしかった。その部屋はムーディな間接照明で、天井に灯《あか》りなどついていないが、それまでは枕に顔を押しつけていたからだ。

両手で顔を覆い隠した。まぶしかったせいもあるが、濡れたショーツを前から見られるのが恥ずかしかったせいもある。ＶＩＯは処理してあるので陰毛が透けることはないだろうけれど、よく見れば割れ目の上端が透けているかも……。

「失礼します」

オイルで濡れた伊橋の手が肩に触れると、ビクッとしてしまった。綾子の体には完全に火がついていた。先ほどは肉穴に指を入れられた。手マンというほど激しい愛撫ではなかったが、伊橋のむっちりした太い指は、入れられただけで存在感を示し、抜かれるともどかしさだけが残った。

もっといじってっ！　と心ではなく体が叫んでいた。まるで喉が渇いているときに甘ったるいジュースを飲んでしまったときのように、飲んだことでかえって渇きが増した気がした。

伊橋は黙々と手を動かしている。肩から脇腹、そしてウエスト――二の腕にもオイルを塗られると、顔を覆っていた両手は自然と体の横位置に戻った。

（あああっ……）

お腹《なか》に、ボトルから生温かいオイルを垂らされた。ねっとりとしたオイルの感触だけで声が出てしまいそうになるほど、綾子は欲情していた。

マッサージが終わったら、オナニーをしようと思った。せずにはいられないほど切羽つまっていた。しかし、女友達と旅行中であることを思いだすと、絶望するしかなかった。こんなにも欲情しているのに、家に帰るまでオナニーを我慢しなければならないなんて拷問に等しい。

（でも、トイレでするのなんて嫌だし……貸切風呂にひとりで入って鍵《かぎ》をかければ、できるかしら……）

そんなことを考えていたときだった。首と胸の間——いわゆるデコルテ部分を這っていた伊橋の手が、ブラジャーの中に侵入してきた。

（いっ、いやっ……）

ブラジャーといっても薄いコットン製だし、カップが入っているわけではないから、簡単に侵入できる。ましてや伊橋の手はオイルでヌルヌルだった。あっという間にふたつの隆起をすくいあげられ、ブラジャーの中で揉みくちゃにされた。

「くっ……くぅううっ……」

乳房を揉まれてこんなにも気持ちがよかったのは初めてだった。男は乳房を揉みたがるが、女は揉まれても気持ちがいいわけではない。気持ちがいいのは乳首である。伊橋の両手はまだ乳首には触れてない。乳肉だけをねちっこく揉んでいるだけなのに、気持ちがよすぎて眩暈《めまい》がしそうだ。

「ダッ、ダメッ！」

思わず声をあげ、眼を見開いた。ブラジャーがずりあげられ、双乳が露出されたからである。

「大丈夫です。恥ずかしくないですよ」

伊橋はバリトンボイスでささやいてきたが、それを決めるのはこちらではないだろうか？　初対面の中年男、しかもセックスするつもりでもなんでもないマッサージ師に乳房を見られ、恥ずかしくない女なんていない。

それでも綾子は、彼のことを咎めることができなかった。左右の乳首が物欲しげに
尖《とが》っていたからである。興奮しているのが一目瞭然だったし、尖っているだけではな
く熱く疼いていた。オイルのついた指先でちょんと触れられただけで、

「あううーっ！」

綾子は甲高《かんだか》い声を放ってしまった。

「大丈夫、大丈夫。声を出しても恥ずかしくありませんからね」

もはや、恥ずかしいのか恥ずかしくないかを決めるのはこちらである、などと考え
ていることもできなかった。

伊橋はオイルのヌメりを巧妙に使い、くりくり、くりくり、と尖った乳首を転がし
てきた。強くもなく、弱くもなく、指先に込める力の匙《さじ》加減が絶妙で、

「あああああっ……はぁあああっ……はぁあああああーっ！」

綾子の口からはいやらしい声がとめどなくあふれた。呼吸もみるみるはずみだしたので、口を閉じることができなくなり、歯を食いしばることさえできない。

（なっ、なんなの、これっ……うっ、上手すぎるっ……）

指使いが達者なのはセラピストの面目躍如だとしても、伊橋の愛撫はしつこかった。くりくり、くりくり、と延々と転がしてきて、終わる気配がまるで見えない。

女にとって、乳首は股間に次ぐ性感帯だ。男でも乳首が感じる人がいるが、女のほうがおそらくずっと感じる。にもかかわらず、こんなにも執拗《しつよう》に乳首だけを愛撫してくる男なんて滅多にいない。

（いっ、いやっ……）

下腹の奥で新鮮な蜜がじゅんとはじけるのを感じ、綾子は身悶えた。濡れたショーツで包まれている部分にも刺激が欲しくてしかたがなかったが、さすがにそれを口にすることはできない。かわりに、左右の太腿をこすりあわせた。いても立ってもいられない仕草が恥ずかしくてしようがなかったが、体が勝手に動いてしまい、自分でも制御できない。

伊橋はやがて、乳首をくりくり転がすだけではなく、つまんできた。指先がオイルにまみれているので、乳首はすべって、つるんと指の間から抜ける。その感触が心地よすぎて、綾子は泣きそうになった。さらに、爪を立ててくすぐられた。硬い爪とオイルのヌメりの妖しいコントラストが、欲情しきった体をますます熱くたぎらせる。

(うっ、嘘でしょっ……)

ハアハアと息をはずませながら、綾子の鼓動はにわかに激しく乱れはじめた。顔中がすでに汗まみれだったが、冷たい汗がひと筋、こめかみのあたりから流れてくる。

イッてしまいそうだった。

マッサージを受けてオルガスムスに達してしまうというのも大問題だが、いまは乳首しか刺激されていない。もちろん、乳首への愛撫だけでイッてしまった経験などなく、パニックに陥《おちい》りそうになってしまう。

くりくり、くりくり、と転がされている乳首はいやらしいくらいに硬く尖り、内側から爆《は》ぜてしまいそうな勢いで疼いている。たまらなく気持ちいいが、だからといってイッてしまうなんて……。

だが、その前兆は偽物ではなく、オルガスムスはみるみる迫ってきて綾子の体をこわばらせた。刺激されているのは乳首だけなのに、股間までもズキズキ疼く。オイルに濡れたパンティの中に、新鮮な蜜を大量に漏《も》らしてしまう。

「いいですよ……」

バリトンボイスが耳に届いた。イッてもいい、というニュアンスだった。すべてを見透かしているような伊橋の口ぶりに、綾子はおののくことしかできない。

それでも、差し迫った衝動を抑える術《すべ》はなにもなく、

「あああっ、いやあああーっ！」

綾子は喜悦の高波にさらわれた。

「イッ、イクッ！　ちっ、乳首だけでイッちゃうっ！　イクイクイクイクッ……はっ、はぁあああああーっ！」

ガクガクと腰を震わせて、綾子は果てた。イク寸前、左右の乳首をぎゅーっとひねりあげられ、気が遠くなりそうになった。それまで伊橋は、やさしい指使いでしか愛撫してこなかったので、不意に訪れた痛烈な刺激だった。

「ああああっ……あああああっ……」

綾子はイキきってからもしばらくの間、呆《ほう》けたような声をあげ体中をピクピク痙攣《けいれん》させていた。普通のセックス――性器と性器を結合するやり方でも、こんなにも深く濃い余韻の経験はなかった。

「お時間ですので、これで終わりになります」

バリトンボイスが、やけに遠くから聞こえてきた。部屋から出ていこうとする彼の背中を、綾子は焦点の合わない眼でぼんやり眺めていた。

「あっ、そうそう……」

伊橋は扉を開く前に、振り返って言った。

「もし、この続きがご所望でしたら、お店の営業が終わる午後八時過ぎにいらしてください。仕事ではここまでしかできませんが、お店が終わったあとなら……まあ、あくまで続きがご所望でしたら、ですが……」

言い残し、部屋を出ていった。綾子はまだ放心状態だったが、いまの言葉が幻聴でなかったことだけは、はっきりとわかった。

3

浴衣姿で温泉旅館を出た綾子は、アロママッサージ店にやってきた。

温泉街のはずれにあるので、夜になるとあたりは真っ暗なうえ、店の看板の灯りも消えていた。しかし、玄関のウォールライトはついている。時刻は午後八時を三十分ほど過ぎてしまっているが、伊橋はまだ中にいるだろうか？

（どうしよう……）

綾子は胸を押さえて深呼吸した。衝動的にここまで来てしまったが、これでよかったのだろうか？　女友達との宴《うたげ》を中座してまでセックスをしたがるような、自分はそんなふしだらな女だったのか？

（みんな、どういうマッサージをされたんだろう？）

他の三人の様子を見ていると、性感マッサージをされたとは思えなかった。つまり、あれは店のマニュアルによるサービスではなく、あくまで伊橋個人の判断でなされたことなのだろう。乳首だけでイカせてくれるような凄腕の性感マッサージ師が相手であれば、一度くらい抱かれてみたいと思った綾子の気持ちも、わかってもらえるような気がするが……。

急に恥ずかしくなってきた。嘘をつくのが下手《へた》な綾子は、セックスがしたいという理由で宿を飛びだしてきてしまった。嘘をつくのが下手なくせに、「口説かれた」などと話を脚色したりして……。

（わたし、みんなにどう思われてるだろう？　おばさんが色気づいてキモいと思われてたらやだなあ……）

思われている可能性はかなり高かったが、もはや後の祭りである。いますぐ旅館に引き返し、結局会わずに帰ってきたと釈明したところで、失態を挽回できるとは思えない。

（いいわよ、もう。誰にどう思われたって……）

ここまで来て踵《きびす》を返す気にはなれず、インターフォンを押した。

「……開いてますよ」

バリトンボイスが返ってきた。

「中に入ったら、玄関の鍵をかけてください。さっきと同じ施術室にいます」

ごくり、と綾子は生唾《なまつば》を呑みこんだ。約束を覚えていてくれたことが、ひどく嬉しかった。「口説かれた」というのは嘘でも、「誘われた」のは本当だった。ただ、受け取りようによっては単なる軽口ともいえるので、「本当に来たんですか？」とせせら笑われたらどうしようかと思っていたのだ。

「おっ、お邪魔します……」

誰もいない玄関でボソッと言い、下駄を脱いだ。スリッパに履き替えて、奥へ進んでいく。個人経営のマッサージ店にしては施設が充実したところだった。シャワー完備、完全個室の施術室が全部で四つある。みんなで一緒の時間に施術を受けたいからここを予約したのだが、まさか性感マッサージを行なうセラピストがまぎれているとは夢にも思わなかった。

綾子が施術を受けたのは「４番」の部屋だった。なんとなく不吉である。

ノックをすると、

「どうぞ」

伊橋が低い声で返してきた。

「しつ、失礼します……」

綾子は眼を伏せて部屋に入っていった。ドアを閉めると、振り返って顔をあげた。ほぼ同時に、マッサージベッドに座っていた伊橋が立ちあがった。セラピストのユニフォームと言っていい、ケーシー白衣を着ていなかった。

（やっ、やだっ……）

ブーメラン形というのだろうか、ぴっちりした黒いビキニブリーフを穿いただけの半裸だった。

途端に眼のやり場に困った。伊橋は背が低く、ずんぐりむっくりした体型をしている。ただ、だらしなく太っているというわけではなく、筋肉質だった。若いころ、ラグビーとか格闘技をやっていたのかもしれない。半裸でいるとオスの匂いがむんむんと漂ってきて、綾子はにわかに落ち着かなくなった。

「かならず来てくれると思ってました……」

伊橋は真顔で静かに話を始めた。

「この店の名誉のために言いますが、私がこんなことをしたのは初めてです。普段は絶対、女性が簡易下着を着けているところには触りません」

「……じゃあどうして？」

綾子が不安げに眉根を寄せると、

「お尻にひと目惚《めぼ》れしました」

伊橋はきっぱりと言った。

「あんなに可愛くて綺麗な、プリプリしたお尻を見たことがない。あれほどセックスアピールのあるヒップは……それに……」

「それに？」

綾子が先をうながすと、伊橋は少し言いづらそうな顔で続けた。

「毎日毎日女性の体をマッサージしていると、触っただけでわかるんですよ。その人の体調とか……」

「わたしはどうでした？」

「すごく健康に気を遣われてる、というのが第一印象でした。でも、マッサージを続けているうちに、足りないものに気づいた。いや、余っているものかな？　ずいぶんと欲求不満を溜めこんでいるように思えました」

「それは……そうかもしれませんね」

綾子は熱くなった顔をそむけた。赤の他人に欲求不満を指摘され、怒りださない女はいない。自分でも驚くほど素直になっているのは、乳首だけでイカされた超絶指技にリスペクトがあるからだろう。

「お恥ずかしい話、夫とセックスレスなんです。まあ、それ以外はとても上手くいっているから、パートナーとしては満足しているんですけど……」

「そうじゃないかと思いました。であるなら、ウィン・ウィンの関係になれそうじゃないですか？　私はあなたの可愛いお尻にひと目惚れした。あなたは欲求不満を晴らしたい……」

「えっ……」

綾子はハッと眼を見開いた。伊橋が不意に、ブーメラン形の黒いブリーフをめくりさげたからだった。男の器官はすでに勃起していた。大蛇を彷彿とさせる長大さにも驚かされたが、臍《へそ》を叩く勢いで反り返っている勃起の勢いに圧倒された。二十代の若者ならともかく、伊橋は五十がらみの中年男だ。体は筋トレで鍛えられても、ペニスまで鍛えられるはずがない。

伊橋はブリーフを脚から抜くと、反り返ったイチモツを誇示するように、両手を腰にあてて仁王《におう》立ちになった。

（こっ、興奮しているのね……）

ドクンッ、ドクンッ、と綾子の心臓は早鐘を打ちはじめた。自分の体に男が興奮していることに、胸が高鳴った経験なんてなかった。

これも欲求不満のせいだろうか？　独身時代は、自分の体にいやらしい眼を向けられることが本当に不快だった。なのにいまは、こんなにも嬉しい。妻でもなく、母でもなく、もちろんヨガインストラクターでもない、ひとりの「女」として見られている実感が、全身を淫らなほどに火照《ほて》らせていく。伊橋の興奮が伝播《でんぱ》したかのように、綾子もむらむらと欲情してくる。

気がつけば、伊橋の足元にしゃがみこみ、そそり勃《た》った男根をまじまじと眺めていた。黒光りしている色艶も禍々《まがまが》しい、女を威圧するイチモツだった。ぷっくりと浮かんだ血管のうねりもえげつなく、まさに鍛え抜かれた業物《わざもの》の風格である。

(すっ、すごいっ……こんなの見たことがないっ……)

根元にそっと指を添えれば、ズキズキと熱い脈動が伝わってきた。綾子は限界まで鼓動を乱しながら口唇を開き、先端を咥《くわ》えこんだ。

「ぅんあっ……あああっ……」

見た目からして長大なサイズだったイチモツは、咥えるとその存在感をいや増した。半分ほど口に含んだところで、綾子は根をあげた。できれば全長を口内に収めてみたかったが、とても無理だ。

とはいえ、半分咥えられれば口腔奉仕は行なえる。頭を前後に振りたて、唇をスライドさせた。まずはゆっくりと、男がもっとも感じるというカリのくびれを念入りにしゃぶりあげてやる。

「むううっ……」

伊橋が腰を反らせたので、綾子は興奮した。男が興奮すれば、女も興奮するのがセックスだ。必然的に、愛撫は熱を帯びていく。

唇をスライドさせながら、口内で舌を動かした。両手だって遊ばせておくわけにはいかない。右手で根元をしごきつつ、左手で玉袋をあやす。さらには内腿を、さわさわっ、さわさわっ、とフェザータッチでくすぐってやる。

「むううっ……きっ、気持ちいいっ……いいですよ、すごくっ……」

伊橋は息をはずませながら言った。魅惑のバリトンボイスが、淫らなほどに上ずっていた。綾子はかなり昔から、男はフェラチオをされるとき、もっと反応するべきだと思っていた。ノーリアクションでは愛撫をする甲斐がないからだが、伊橋は驚くほど反応が大きかった。

声や言葉だけではなく、身をよじって気持ちのよさを伝えてきた。首に筋を浮かべて顔を真っ赤にしているところが、なんだか可愛らしかった。先ほど乳首だけを触って女をイカせた、悪魔的な指技の持ち主とは思えない。

そうなると、限界を超えてサービスしたくなるのが、綾子という女だった。カリのくびれを中心にしゃぶりまわしている長大な男根を、じわじわと深く咥えていった。三分の二を咥えこむと息ができなくなり、さらに深く咥えれば亀頭が喉奥に触れてえずきそうになった。

それでもなんとか、根元まで呑みこんだ。苦しさから眼尻に涙が浮かんできたが、それ以上の満足感と達成感を覚えた。

# 4

「もっ、もういいですよっ……」

伊橋は綾子の頭を両手でつかむと、口唇から男根を引き抜いた。

(たっ、助かった……)

肩で息をしながら、綾子は安堵に胸を撫で下ろした。長大な男根を根元まで咥えているのは、そろそろ限界だったからだ。すぐには口を閉じることができなかったくらいで、口内に溜まった唾液がツツーッと糸を引いて床に垂れた。

伊橋に腕を取られ、立ちあがらされた。まだ呼吸が整っていなかったし、口のまわりは唾液にまみれていたけれど、伊橋はかまわずキスをしてきた。いきなり口の中に舌が侵入してきて、口内を舐《な》めまわされた。そうなると、大人の女としてはディープキスに応えないわけにはいかない。

「うんっ……ぅんああっ……」

伊橋のキスは激しかった。舌がやたらと素早く動くので、からめあわせることもできないまま、歯や歯茎、唇の裏側まで舐めまわされる。だが、そうかと思えば急にねちっこい舌の動きに変わり、唾液がねっとりと糸を引く。緩急のつけ方が独特だった。少なくとも綾子は、こんなキスをする男と出会ったことがない。

（この舌でクンニされたら……）

どうしたって、考えないわけにはいかなかった。綾子はまだ、伊橋のことはなにも知らない。知らないけれど、先ほどとは違うやり方で綾子を悦《よろこ》ばせようとするに違いないと思う。彼はとんでもないセックス巧者だから、ワンパターンの前戯に甘んじていることはないはずだ。

となると、前戯のハイライトはクンニが濃厚だろう。伊橋は綾子のお尻にひと目惚れしたらしいから、バッククンニだろうか？

想像で顔を赤らめている綾子の腰を伊橋がまさぐった。綾子はまだ浴衣を着ていた。温泉宿で借りた浴衣なので、帯なども簡易的なものだ。帯をとかれ、浴衣を脱がされた。はらりと床に落ちていくと、一糸まとわぬ裸身になった。

綾子は古式ゆかしい作法に則り、パンティやブラジャーを着けていなかった。いや、作法以前に、湯上がりの素肌に直接浴衣を着たほうが気持ちいいから……。

「綺麗な体だ……」

伊橋が左手で腰を抱き、右手で乳房をすくいあげる。

「お尻だけじゃなく、おっぱいもツンと上を向いて……」

お世辞とは思えない熱っぽい口調だったが、綾子の乳房は大きくない。貧乳とまでは言われたくないけれど、男の手のひらにすっぽり収まるくらいのサイズである。

ただ、綾子はそのことにコンプレックスをもっていなかった。乳房が大きいと運動の邪魔になるし、デザイン性の高い服が似合わなくなるので、巨乳になんて憧れたことがない。

それに、ふくらみが大きくなくても、綾子の乳首はとびきり敏感なのだ。感度の悪い巨乳より、よほどいいと自信をもっている。すべての男はふくらみばかり揉んでいないで、乳首を愛撫する時間を三倍に増やせ！　と声を大にして主張したいくらいだ。

とはいえ、伊橋の手指が隆起の先端に迫ってくると緊張した。もちろん、先ほど乳首だけでイカされた記憶が蘇《よみがえ》ってきたからである。

「すごく感じるみたいですね？」

伊橋の指に左の乳首をちょんと突かれると、

「あううっ！」

綾子は喉を突きだして甲高い声をあげてしまった。

「でも乳首はちょっとおあずけだ。さっきとは別のことをさせてください」

伊橋は綾子をうながし、ベッドに座らせた。そのまま上半身をあお向けに倒され、さらに両脚を恥ずかしいM字に割りひろげられていく。

「ああああっ……」

女の恥部をさらけだされた綾子は、せつなげに眉根を寄せた。セックスをするつもりでここに来ている以上、想定内の出来事だった。それでもはやり、パンティを穿いていない股間をのぞきこまれるのは、いつだって恥ずかしい。バッククンニを予想していただけに、あお向けでのM字開脚はなかなかの羞恥プレイだ。

「むううっ……」

伊橋の顔が股間に近づいてきた。ＶＩＯを処理してある剝《む》き身の花に、生温かい吐息がかかる。チュッ、チュッ、と音がたったのは、内腿にキスをされたからだ。キスマークがつくほど強く吸われたわけでもないのに、もじもじと腰が動きだしてしまう。ひとしきり続いた内腿へのキスが終わると、鋭く尖った舌先が、花びらの合わせ目をツツーッと舐めあげてきた。

「くぅううっ！」

綾子は喉を突きだしてのけぞった。ツツーッ、ツツーッ、と舌先は下から上に這いあがる動きを繰り返した。時折ジグザクに動いては、ぴったりと閉じている花びらをほころばせていく。伊橋は欲望まかせの愛撫をするような男ではないから、時間をかけてゆっくりと……。

やがて、花びらの内側に新鮮な空気を感じた。奥まで見られていると思うと、綾子の顔は熱くなったが、すぐにかまっていられなくなった。

伊橋の指が、クリトリスに触れた。まだ包皮を被った状態だったが、時を刻む秒針のようなピッチでいじられ、と同時に、チロチロ、チロチロ、と花びらの奥を舐めてくる。奇をてらったところのないオーソドックスなクンニだったが、すべての動きが丁寧で、計算されつくしているような気がした。

(ダッ、ダメッ……こんなのダメになっちゃうっ……)

伊橋の愛撫は執拗だった。乳首でイカされたときもそうだったが、そろそろ終わりかと思ってからが長い。同じ愛撫を根気よく続ける。特別なことをされないオーソドックスなやり方でも、延々とやられていると頭がボーッとしてくる。刺激されているのは性感帯なのだから、それも当然なのだが……。

「あううっ！」

綾子はビクンッと腰を跳ねあげた。舌先が、ついにクリトリスをとらえたからだった。その前に、包皮を剝かれていた。綾子は興奮しきっていたから、剝き身の肉芽はいやらしいくらいに尖っているはずで、ねちねち、ねちねち、と舐め転がされると、頭の中が真っ白になっていく。

早くもイッてしまいそうだった。

そんなに簡単にイッてはダメだ！　と自分を叱りつけて必死にこらえた。セックスレスによる欲求不満状態は事実だとしても、すぐにイッてしまう淫乱女だとは思われたくない。それに、クンニが前戯のハイライトなら、次にくるのは挿入だろう。あの口の中をいっぱいに満たした長大な男根に思いを馳せると、舌でイカされるのはもったいない気がする。

「はっ、はぁうううううーっ！」

肉穴に指が入ってきた。浅瀬をヌプヌプと穿ってきただけだが、同時にクリトリスも舐められている。伊橋は敏感な肉芽を舌先で転がすだけではなく、唇を押しつけてチューーッと吸ってきた。綾子はクリトリス吸引式のセルフプレジャーグッズを愛用しているけれど、何十倍も気持ちよかった。

「ああっ、ダメッ！　おかしくなるっ！　おかしくなっちゃうっ！」

泣きそうな顔で伊橋に訴えると、上眼遣いでギロッと睨《にら》まれた。興奮しているのだ、と綾子の息はとまった。男は興奮すると険しい表情になる。そして、興奮している男の姿に、女も興奮する。下腹の奥で新鮮な蜜がじゅんとはじける。

伊橋はあふれた蜜をじゅるっと啜《すす》っては、ねちねち、ねちねち、クリトリスを舐め転がしてきた。そのしつこさが、綾子をトランス状態にいざなっていく。ヨガでもトランス状態に入ることがあるが、クンニによるそれは直接的な快感と結びついている。ひどく息苦しいのは、快楽の海に溺れそうだからだ。

「ああああーっ！」

さらに、肉穴に入っている指が二本に追加された。中指と薬指で奥をねちっこく掻き混ぜられ、やがて鉤《かぎ》状に折れ曲がった。Ｇスポットをぐいっと押しあげられると、綾子は白眼を剝きそうになった。つるんとした無毛の恥丘を挟み、内側からと外側から、性感帯の急所中の急所を同時に刺激されている。

（もっ、もうダメッ……）

真っ赤に染まった顔をくしゃくしゃに歪めながら、綾子の胸にはドス黒い諦観がひろがっていった。

（もっ、漏れるっ……このままじゃ漏れちゃうっ……）

綾子はセックスで潮《しお》を噴いた経験も失禁した経験もなかった。漏れてしまいそうな予感に戦慄を覚えたが、愛撫を中断してもらうことはできなかった。失禁の前兆はオルガスムスの前兆と表裏一体だった。快楽の海に溺れている状態で、目の前にぶらさがっている絶頂を拒むことなんてできるわけがない。

自分はどうせ、乳首だけでイカされてしまった恥ずかしい女なのである。いまさら恥を上塗りしたところでどうということはないし、旅の恥はかき捨てと言うではないか。伊橋が一期一会の相手であるなら、一時の恥より快楽のほうを優先したい。

だから甘んじて失禁しよう、と覚悟を決めた瞬間、

「前戯はここまでにしましょうか」

伊橋が突然、愛撫を中断した。剝き身のクリトリスから舌が離れ、肉穴からも二本の指が抜かれていく。

5

綾子はハアハアと息をはずませていた。絶頂寸前で愛撫をやめられたもどかしさに、激しく身をよじらずにいられなかった。両脚をM字にひろげた恥ずかしい格好をしているにもかかわらず、淫らなまでに身をよじり、もう体に触れられてもいないのにあえぎ声までもらしてしまう。

「まだ休むのは早いですよ」

伊橋にうながされ、ベッドからおりた。綾子の両脚はふらついていたが、なんとかベッドに両手をつくと、尻を突きだすように言われた。

立ちバックの体勢だ。

（いよいよ、あの逞《たくま》しいオチンチンで……）

後ろから貫かれると思うと、綾子の鼓動は乱れに乱れた。クンニも前代未聞の気持ちよさだったけれど、いよいよクライマックスである。結合の瞬間を想像しただけで、あふれた蜜が内腿を伝って垂れていく。

「やっぱり最高のお尻だ……」

背後に陣取った伊橋が嚙みしめるように言った。丸みを吸いとるようないやらしい手つきで、尻の双丘を撫でてきた。

ボディメイクに励んできてよかったと、心の底から綾子は思った。筋トレによる自己満足は自己肯定感をアップしてくれるし、スリムなスタイルを維持しておけばどんな服でも着こなせるという利点もあるが、やはり、女は男に褒めてもらいたくてボディを磨く生き物なのだ。見られたいし、触られたいし、抱かれたい……。

「本当にすごいっ……こんなにセクシーなお尻、見たことがない……」

伊橋はいよいよヒップに頰ずりまでしてきた。

「桃尻なんてよく言うけど、綾子さんのお尻は本当に瑞々しくて、食べてしまいたいくらいですよ……」

バリトンボイスが興奮に上ずっている。

「くっ……」

綾子は唇を嚙みしめた。伊橋の頰ずりに熱がこもり、桃割れの間に顔が埋まってきたからだ。そこにあるのは女の花ではなく、禁断の排泄器官である。後ろの穴まで見られたり、匂いを嗅がれたりするのは恥ずかしかったが、我慢するしかなかった。伊橋が興奮してくるなら、それでいい。あの長大な男根をもっとギンギンに硬くして、後ろから深々と貫いてくれるなら……。

「いきますよ……」

伊橋が男根の切っ先を、濡れた花園にあてがってきた。亀頭と割れ目がヌルッと触れると、ぞくぞくした快感の震えが体の内側を這いまわった。

「むうっ……」

伊橋が入ってきた。綾子の中は濡れすぎなほどよく濡れているはずだから、スムーズに受け入れられると思った。しかし、やはり長大なサイズのせいで、簡単にはいかなかった。セラピストの伊橋には、女体をいたわる感性と余裕があるのだろう。決して焦らず、じわじわと結合を深めてくる。

「んんんっ……ぅんんんんーっ！」

挿入されるだけでこんなに苦しいのは、若いころ以来だった。しかし綾子ももう、三十六歳。肉体も性感も充分に熟れている。根元まで埋めこまれると、苦しさを凌駕する快感が、全身を熱く焦《こ》がした。

「あああっ……はぁあああああっ……」

綾子はいきなり身をよじってしまったが、伊橋は動かなかった。長大な男根を深々と埋めこんだまま、背中に生温かいアロマオイルを垂らしてきた。ねっとりしたその感触も心地よかったが、伊橋は両手でオイルを伸ばしはじめた。ヌルヌルした刺激が背中からヒップ、さらには脇腹から双乳まで襲いかかってくる。

「くぅううっ……くぅうううーっ！」

オイルを使った愛撫の心地よさが、綾子の欲情をメラメラと燃やす。だが同時に、動かない男根に対するもどかしさも募っていく。腰をくねらせ、ヒップを揺らして、早く突いてとアピールする。

「思った通りだ……」

双乳をヌルヌルの両手でまさぐりながら、伊橋が耳元で熱っぽくささやいた。

「お尻の形がいい女は、オマンコの締まりも抜群なんだ。うーむぅ、チンポが食いちぎられてしまいそうですよ……」

伊橋が動きだした。ピストン運動ではなく、グラインドだった。ぐりんっ、ぐりんっ、と腰をまわして、長大な男根で肉穴の中を掻き混ぜてくる。いやらしいほど濡れまみれている肉ひだが、粘っこい音をたてて攪拌《かくはん》される。

「ああああっ……」

綾子は喜悦に上ずった声をもらした。指技も舌技も気持ちよかったけれど、男性器はやはり、特別な快感をもたらしてくれる。女性器と結合し、快楽を分かちあうための器官だからあたりまえだが、ヌメヌメとこすれあうだけでいても立ってもいられなくなってくる。

挿入後、ピストン運動の前に性器と性器を馴染《なじ》ませるのは、セックスの上手い男ならごく普通にやってのけるベッドマナーだろう。逆に、いきなり連打を送りこんでくるような乱暴な男は、女体やセックスについて認識をあらためたほうがいい。

しかし、伊橋の動きは独特だった。もう充分に性器と性器が馴染んでいるし、なんなら、ずちゅっ、ぐちゅっ、と汁気の多い肉ずれ音までたっているのに、なかなかピストン運動に移行しない。

(また焦《じ》らされてるの？)

とも思ったが、そうではなかった。それが伊橋のやり方なのだ。腰のグラインドはやがてピストン運動に移行したが、深く埋めたままゆっくりといちばん奥を突いてきた。突いてくるというか、子宮をこすりあげる感じで、男根を大きく抜き差ししない。

(なっ、なんなのこれ？)

立ちバックといえば、女のお尻をパンパン鳴らして連打を放ってくるようなやり方しか知らなかった。だが伊橋は、男根を深く埋めた状態で、ぐりっ、ぐりっ、と子宮をこすってくる。最初は意味がわからなかったが、次第に膣のいちばん奥が熱く疼きだした。子宮が疼いていた。経験したことがない新鮮な刺激に、気がつけば綾子は、オイルでヌルヌルになった体をいやらしいほどよじらせていた。

（こっ、これって……噂に聞くポルチオセックス？）

子宮を刺激することに特化したそのやり方を、綾子は知識としては知っていた。ネットのコラムで読んだ程度のことだが、夫は努力してベッドマナーをアップデートするようなタイプではないし、そもそもセックスレスなのだから、自分には関係ないと思っていた。

それが、こんなところで経験できるなんて……。

「へっ、変ですっ！　変ですっ！」

綾子は叫ぶように言った。パニックに陥りそうで、振り返る余裕すらなかった。最初はなにをされているのかよくわからなかった子宮への刺激だが、一度ツボに嵌《は》まってしまうと、すさまじい勢いで絶頂が近づいてきた。普通のピストン運動であればあるはずの前兆からの時間的猶予がなく、イキそうだと思った次の瞬間には、腰がビクビクと跳ねていた。

「イッ、イクッ！　イクイクイクイクーッ！」

自分では制御できない五体の痙攣に揉みくちゃにされながら、綾子はオルガスムスに駆けあがっていった。あまりにも唐突に達したので、呆気にとられてしまった。あまりにも唐突に達したのに、快楽の質量は衝撃的だった。下腹のいちばん深いところで、なにかが爆発したような……。

「あああっ……はぁああああああっ……」

イキきっても、両脚のガクガクがとまらなかった。綾子を後ろから貫いている伊橋は、バックハグの体勢でこちらの上体を抱きしめている。動けないようにしっかりとホールドして、さらに子宮をこすりあげてくる。ぐりっ、ぐりっ、ぐりっ、ぐりっ、ぐりっ……。

「ダッ、ダメッ！　ダメですっ！　もうイッたからっ！　もうイッてるからああああああーっ！」

声の限りに叫んでも、伊橋は動くのをやめなかった。執拗に子宮をこすりあげてきた。すると、予想もしていなかった異変が綾子に訪れた。先ほどイキきったと思ったのに、それが続いているような感じがしたのだ。正確には蘇ってきたのだろうが、蘇り方も驚くほど性急だった。

「ダッ、ダメダメダメッ……イッ、イクッ！　またイッちゃうっ！　またイッちゃいますううううーっ！」

ビクンッ、ビクンッ、と腰を跳ねあげて、綾子は再び絶頂に達した。伊橋がなおも子宮をこすってくるので、今度はイキきることさえできなかった。イキっぱなしの状態で、全身をガクガク、ぶるぶると震わせるばかりになった。

（たっ、助けてっ……）

経験したことがない快楽の暴風雨に巻きこまれ、綾子は息も絶えだえになった。

けれども、いままで欲求不満を放置しつづけた体は、さらなる快感を求めていた。自分でも信じられなかったが、三十六歳の体はまだイキたがっていた。綾子は続けざまにイカされたことを羞《は》じらうこともできないまま、次に訪れる衝撃に備えて身構えた。

# 第二章　人妻みだら入浴

## 1

山岸香緒里は酔っていた。

佐代も知香も飲むピッチがあがっている。

みんなが通っているヨガ教室のインストラクターにして、この女子旅の引率役だった綾子が突然離脱してしまい、どうしていいのかわからないのだ。

しかも、離脱の理由がセックス……。

いったいなにを考えているのだろう？　三十六歳という年齢を感じさせないほど美人でスタイル抜群、美容や健康についても意識が高く、頼れる姐御《あねご》的な存在の綾子が、まさかそんな理由で自分たちを置き去りにするなんて思ってもみなかった。

（そんなにセックスがしたいのかしら？）

香緒里もまたセックスレスに苦しみ悶えている三十二歳なので、綾子の気持ちがわからないではなかった。それにしても、マッサージ店でナンパしてきたセラピストが相手というのはあり得ない。旅の恥はかき捨てのつもりなのかもしれないが、人間性を疑ってしまう。

いや……。

自分の若いころを思いだし、内心で苦笑がもれた。とても綾子を糾弾することなんてできない、常識はずれの青春時代を送ってきたのだ。

十代の終わりから二十代の始めにかけて、香緒里はいわゆるバンギャ——好きなバンドの追っかけをすることに命を懸けていた。美形の男がスポットライトを浴びて恍《こう》惚《こつ》としながら歌っている姿がなによりも好きで、音楽性などどうでもいいから、とにかく美しい顔をした男を求めて、さながら回遊魚のように夜な夜なライブハウスを巡っていた。

メジャーデビューしているようなバンドとは違い、ライブハウスを拠点に活動しているインディーズ系バンドは、メンバーと客の距離がとても近い。顔見知りになれば打ちあげに呼んでもらえるし、一緒に飲めば仲よくなるのにも時間はかからない。バンドマンなんてやりちんばかりだから、体の関係に発展するのもすぐだった。

「キミ可愛いね」

と声をかけられてライブハウスのトイレ、あるいは裏の駐車場に連れだされて、フェラチオさせられることなんて日常茶飯事だった。もちろん、それだけで捨てられては悲しすぎるので、香緒里はフェラチオの研究を重ね、誰が相手でも五分以内に射精に導けるよう努力を重ねた。

相手は先ほどまでステージで輝いていたバンドメンバーだから、そういうことが自然にできた。そして、口腔奉仕が気に入ってもらえれば、お持ち帰りしてもらえる。昨今では、ミュージシャンや芸人がファンを粗末に扱い、肉体だけをむさぼっていると糾弾する向きも多いが、好きで抱かれている女もいるのだ。

憧れの男とのセックスを夢見て、それを実行に移していることを、外野の人間にあだこうだと言われる筋合いはない。「自分を大切にしなさい」と言ってくる大人には、「自分を大切にした挙げ句、あんたみたいになるのはごめんなんです」と中指を立てた。

思えばずいぶんとトンガった青春時代を送っていたものだ。

憧れの男にお持ち帰りされたとしても、夢のような未来が拓《ひら》けるわけではない。相手はお金のないインディーズ系のバンドマンだから、夜景の見える高層ホテルにエスコートされるわけもなく、連れていかれるのは陽当たりの悪いボロアパートか、刑務所の独房のように狭いワンルームマンションだ。

それでも、香緒里の脳裏にはまだ、彼がステージでスポットライトを浴びている姿が焼きついているから、喜んで奉仕する。モテる男にセックス巧者がないというのは本当で、それもやりちんのバンドマンとなれば下手なうえに極端な面倒くさがり屋だから、最初から最後までこちらが頑張らなければならない。

「服を脱がせてくれ」

と乞われれば丁寧に服を脱がし、全裸にした彼の上にランジェリー姿でまたがる。なけなしのお金を叩《はた》いて買った勝負下着を褒めてもらえればいいほうで、たいていは無言のまま、こちらがキスをし、首筋や乳首を舐め、そこだけは異様に元気にそそり勃っているペニスをしゃぶりまわす。

「もういいよ、オマンコに入れたい」

と言われれば、自分で下着を脱いで騎乗位の体勢を整える。断っておくが、相手はまだこちらの体にまったく触れていない。つまり、ノー愛撫のまま挿入ということになるわけだが、香緒里はいつだって恥ずかしいほど濡れている。愛撫なんかされなくても興奮度マックスになるのが、憧れの力というものなのだ。

「いっ、入れるね……」

上眼遣いでささやいても、相手は無言でうなずくだけ。下手をすれば、眼も合わせてくれない。

それでも興奮度マックスの香緒里はへこたれることなく、腰を落としていく。硬く勃起したペニスを女の器官に咥えこみ、みずから腰を振りたてる。まずはゆっくりと股間を前後に動かし、結合の歓喜を噛みしめる。

「あああああっ……」

相手がつまらなそうな顔をしていても、香緒里のボルテージはあがっていく一方だった。つまらなそうな顔をしているのは、彼がツンデレ男だからにすぎない。美形のバンドマンには、ツンデレな態度がよく似合う。むしろクールでいてくれたほうが、香緒里の欲情は揺さぶられる。

そう、いくらクールを装っていても、股間に咥えこんだペニスはギンギンになっている。彼も彼で興奮している。他ならぬ自分の体で……。

そうなれば、なおいっそうのサービス精神を発揮しなくては立派なバンギャとは言えない。彼の前に行列をつくっている他の女たちを蹴散らすためにも、ここで見せ場をつくらなくては女がすたる。

「んんんっ……」

香緒里はせつなげに眉根を寄せながら、片方ずつ膝を立てていった。男の腰の上であられもないM字開脚を披露して、上下に股間を動かす。割れ目を使ってペニスをしゃぶりあげる要領でスクワットをしてやると、クールな彼も顔をそむけてはいられなくなる。剝きだしになった結合部を食い入るように見つめては、眼を爛々と輝かせる。美形は得だ。

その熱い視線だけで、女を燃え狂わすことができる。それも、見つめられているのが恥ずかしい結合部となれば、スクワットも熱を帯びていく。ずちゅっ、ぐちゅっ、と卑猥な肉ずれ音までたてて、女の割れ目でペニスをしゃぶりあげてやる。

「おおおっ、いいよっ……気持ちいいっ……」

身をよじりながら褒め言葉を与えてくれたなら、こちらもお返しをしなければならない。

香緒里は両膝を立てたまま、上体を前に倒していく。下半身ではスクワットを続けながら、男の乳首を舐めたり吸ったり、AV女優も裸足で逃げだすようなスパイダー騎乗位を繰りだして、男の精を吸いとりにかかる。

「おおおっ……出るっ！　もう出るっ！　おおおおおおーっ！」

美形を歪めて射精を遂げる相手の顔を見ていると、すべてが報われる気がした。オルガスムスに達するよりもむしろ、当時の香緒里は男をイカせることのほうが快感だった。

そしてそこまでの奉仕をすれば、相手も離してはくれない。ワンナイトスタンドの相手から、セックスフレンドに格上げされる。香緒里はますます頑張って、彼の欲望を満たしてやる。あとはめくるめく快楽に加え、料理のおいしさや掃除のマメさも見せつけてやれば、恋人の座をゲットでき、同棲も目の前というわけだ。

しかし……。

そんな奉仕をしてまで同棲にもちこんでも、明るい未来は待っていない。香緒里はいままで、好きなバンドのヴォーカリストの、ファンから同棲相手までのぼりつめたことが二度ほどあるが、ふたりとも異常にお金がなかった。

仕事はすぐにやめるくせに、楽器だの衣装だのには野放図にお金を遣うから、結局は香緒里が生活の面倒を見ることになる。

香緒里は高校を出てから小さな会計事務所に就職し、そこでずっと働いていたのだが、ＯＬの給料ではとても面倒を見きれなくなり、夜職も始めた。風俗まではやらなかったものの、キャバクラやラウンジで毎日ヘトヘトになるまで働いた。

ただ、そこまで頑張っても報われなかった。

浮気はされまくったし、お金は毟《むし》りとられつづけ、息も絶えだえになっているときに出会ったのがいまの夫だ。会計事務所の同僚が紹介してくれた。

「わたしの幼なじみなんだけど、そろそろ結婚をしたいみたいでね。それで、たまたま香緒里と一緒に写ってる写真を見せたら、すごく好みだっていうから……」

そう言って飲み会をセッティングしてくれたのである。

やがて夫となる隆司《りゅうじ》は、ごく平凡な男だった。美形でもなんでもなかったが、髪形や服装には清潔感があり、穏やかな性格なのに「写真を見てひと目惚れしました」とはっきり伝えてくる誠実さがあった。

それまで男を顔だけで選んできた香緒里なので、隆司の平凡さにはグラッときた。平凡な男というのは、仕事もしないで毎日を刹那《せつな》的に過ごしたり、酒を飲んでキレ散らかしたりすることなく、女をこんなにも大切にしてくれるのだと、やさしさが身に染みた。

とはいえ、プロポーズまで快諾したのは、隆司の経済的な基盤がしっかりしていたからである。

隆司は結婚したら、親が経営するスーパーマーケットを譲り受けることになっていた。個人経営のスーパーでも、立地がいいから客足が途絶えることがない。しかも、会計事務所で働いていた香緒里は経理の仕事を手伝える。なにもできない可愛いだけの嫁ではなく、自分の居場所も確保できる。

昼はOL、夜は水商売と身を削って働いていた香緒里は当時、疲れ果てていた。通勤電車の中で倒れてしまったことが何度かあるくらいだったから、隆司と出会って生活をあらためる覚悟が決まった。バンギャはもうこのへんでいいだろうと、すっぱり足を洗うことにした。

隆司はやさしい男だった。誰に聞いても「いい人」だと言われるし、彼の両親も輪をかけていい人だったから、結婚生活は順調だった。

ただ、セックスだけが満たされていない。

夫はそもそも性欲があまりないようで、現在八歳になる息子を妊娠してから、夜の営みはパタリととまった。あれは出産してから半年後くらいのことだろうか。いつまでも求めてこない夫に焦れた香緒里は、百貨店で真っ赤なレースのベビードールを買い求めてきた。それを着けて誘ってみたところ、隆司は悟りを開いたお坊さんのような微笑を浮かべて、「ごめん」と言った。「ごめん」のひと言で片づけられてはたまらないが、セックスが始まることはなかった。手マンくらいはしてくれてもいいのに、そんな素振りすら見せなかった。

女としてのプライドはしたたかに傷つけられたが、母親にもなってしまったことだし、香緒里は諦めることにした。セックスならバンギャ時代にさんざん楽しんだのだから、もうそれでいいではないか。あとは子供の成長を見守りながら幸せな毎日を送ることができれば……。

だが、わかっていても性の渇きは香緒里のメンタルを蝕《むしば》むほどになっていった。

自分がセックスできないのに、それを謳歌《おうか》している人間が許せなくなってきた。暇さえあればネットを眺め、芸能人の不倫スキャンダルがあると、一日に何度も糾弾のコメントを書きこんだ。スポンサー会社にクレームの電話を入れ、「不倫女をいつまでもCMに出してるなんて、信じられないんですけど！」と怒鳴り散らしたこともある。そんな自分がいよいよ怖くなってきている。

## 2

「いまごろ本当にセックスしてるのかしら？　綾子さん……」

佐代がボソッと言ったので、酔いにまかせて昔のことをぼんやり思いだしていた香緒里は我に返った。

「してるんじゃないかなあ。あの人、そういう冗談言わないでしょ」

香緒里が言うと、佐代は「たしかに」と苦笑まじりにうなずいた。佐代の隣にいる知香も、こちらは真顔でうなずいている。

「よっぽどイケメンだったのかしらね？」

「綾子さん、顔で男を選ぶのかしら？」

「若くてイケメンだったら？」

「わたしはどっちもお断りだなあ」

香緒里は渋い顔になった。そもそも年下が苦手なうえ、若いイケメンを見るとバンギャ時代を思いだしてしまうからだ。平凡ながら穏やかな暮らしを手に入れたいまとなっては、あのころの危なっかしい生活を思いだすだけでゾッとする。爆音と酒とセックスだけに彩《いろど》られた、明日なき世界……。

「ってゆーか、わたしたちけっこうひどいことされてるよね」

声音をあらためて言った。

「この旅行を企画したのって、そもそも綾子さんじゃない？　言い出しっぺのくせに、セックスできそうになったら自分だけどっか行っちゃうって、そんな人いる？」

「普段は正義派の熱血漢なのに……」

佐代が冷笑まじりに追従してくる。

「セックスできそうになるとコロッと態度を変える。女って怖いねえ」

「頭にくるからさあ、わたしたちも男を探そうか？」

香緒里の言葉に、佐代は「はっ？」と眉をひそめ、知香も首をかしげた。

「こういうのがあるのよ」

香緒里はスマホをつかみ、マッチングアプリを開いた。

「このアプリを使えば、近くにいる男とすぐに友達になれるんだって」

「そんなの使ってるわけ？」

佐代が怪訝《けげん》そうに言い、

「ないない。使ったことないけど、いまなら酔った勢いで使えそうかなって」

香緒里はおどけた感じで返したのだが、佐代も知香も黙って下を向いた。完全にドン引きしていた。香緒里は本気でマッチングアプリを使ってみたいわけではなく、軽い冗談のつもりだったのに、引っこみがつかなくなってしまった。

「べつにね！　べつに綾子さんみたく、セックスがしたいわけじゃないのよ。そうじゃなくて、こんな感じで三人で飲んでても盛りあがりに欠けるじゃないの。だったら、お金もってそうなイケオジでもつかまえて、ちやほやされましょうよ。わたしたちだってまだまだモテると思うし」

佐代も知香もノーリアクションだったので、香緒里は思いあまって自撮りをし、マッチングアプリに登録した。

――誰か一緒に飲みませんか？　イケオジ希望。当方、人妻三人組です。既婚者でも、そこそこイケてます。

いったいなにをやっているのだろうと、自分でも思った。都内の繁華街ならともかく、箱根の温泉街にいてレスがもらえるとも思えない。そうなれば、この部屋の空気はますますしらけたものになるだろう。もう早寝でもしようという話になり、せっかくの旅行が台無しになるかもしれない。

しかし……。

マッチングアプリに登録して一分と経たないうちに、レスがきた。

――僕らもいま、箱根で飲んでます。よかったら合流しませんか？　もちろん、ご馳走させていただきます。

写真には四十がらみの中年男がふたりで映っていた。バーのようなところで、ご機嫌にロックグラスを掲げている。

「アハハ、こんなのきましたけど」

香緒里は佐代と知香にスマホの画面を向けて笑った。

「わたし……」

知香が立ちあがって言った。

「ちょっと酔ってしまったんで、外の風にあたってきます」

こわばった笑顔を残して出ていくと、香緒里と佐代は眼を見合わせた。知香の態度が、この場に居づらくなったから逃げたようにしか見えなかったからだ。

「どうする？」

佐代が気まずげに言い、

「大丈夫でしょ、子供じゃないんだし」

香緒里は冷たく言い放った。知香はそもそもコミュ障気味の女なのだが、居づらくなったから出ていくというのはいかがなものかと思う。マッチングアプリの話題が嫌なら嫌で、はっきりそう言えばいいではないか。

「それより、こっちをどうするのよ？」

香緒里はスマホに視線を戻した。映っているふたりの中年男は、イケオジというほどいい男ではなかった。とはいえ、顔がキモかったり、服のセンスがダサかったりすることはなく、笑顔が板についた穏やかそうな人たちではある。

「もうちょっと探り入れてみようか？」

香緒里は言い、メッセージを送った。

――どこで飲んでいらっしゃるんですか？

レスはすぐに来た。

――宿で飲んでます。〈清流館〉っていうところなんですが……。

香緒里は大きく息を吸いこみ、

「ちょっと！〈清流館〉だって！」

眼を見開いて佐代を見た。

「ええーっ、超高級旅館じゃない」

「そうよ。全室離れで芸能人御用達！」

香緒里はかねてから〈清流館〉に一度は泊まってみたいと憧れていた。今回もネットで調べてみたのだが、料金が高くてとても無理だと諦めた宿だった。

「そこに来いっていうわけ？」

「でしょうね」

「それは……さすがにまずいんじゃないの？」

「どうしてよ？」

「だって、部屋になんか行ったらさ……しかも全室離れなんでしょ？　なにされるかわからないじゃないの」

「そんな大げさな。港区女子じゃないんだから、いきなり乱交パーティになんてならないでしょ」

「でも……」

「わたしたち、人妻だってプロフィールで公言してるんだもの。三人組からふたり組になっちゃったけど、エッチなことなんてされるわけないじゃないの」

「人妻っていうのもさ……」

佐代が不安げに眉をひそめる。

「なによ？」

「後腐れなく遊べます、ってアピールしてるように聞こえないかなあ……」

「あんたちょっとネガティブすぎ。人妻っていったら、夫がいるから浮気はできません、って意味に決まってるじゃないの」

「そうかなあ……」

煮えきらない佐代の態度に、香緒里はうんざりした顔になった。高校時代から、彼女はいつもこうだった。その場のノリでちょっと羽目をはずそうとすると、冷や水をかけるようなことをかならず言ってくる。

そのくせ、内心ではいつだって羽目をはずしたがっている。イケイケの香緒里と、むっつりスケベの佐代——そんな関係性が、女子高生時代から変わらない。

「あんたが来なくても、わたしはひとりで行くからね！」

香緒里は立ちあがって浴衣を脱ぎ、ワンピースに着替えた。

「そんな……香緒里がいなくなったら、わたしここにひとりじゃない？　置き去りにしないでよ、わたしだけ……」

佐代は不満げな顔をしつつも、浴衣を脱いでニットとデニムに着替えはじめた。

（まったく相変わらずなんだから……）

やれやれ、と香緒里は内心で深い溜息をついた。こういう展開は久しぶりだったが、ぐずぐず言っていても結局は香緒里の提案に従い、最終的においしいところを全部もっていくのが、佐代という女だった。

女子高生時代、渋谷の路上で大学生ふたりにナンパされたことがある。尻込みする佐代を香緒里が必死で説得して、ダブルデートにもちこんだ。

四人でボーリングやカラオケを楽しみ、健全な形で解散した。そこまではよかったのだが、佐代はこっそりカッコいいほうの男と連絡先を交換しており、後日その彼とロストヴァージンを遂げた。香緒里はまだ処女だったので、地団駄《じだんだ》を踏んで悔しがったことがある。

3

〈清流館〉はその名の通り、川のほとりにあった。

闇の向こうからせせらぎが聞こえてくるのは情緒満点な気もしたが、香緒里は正直、怖かった。静けさを売り物にしている高級旅館は、まわりになにもないものらしく、夜になるとびっくりするほど闇が深い。

おかげで、門のところでニコニコ笑って手を振っている中年男を発見したときには、ホッと安堵の溜息をついた。

「どうもどうも、暗かったから怖かったでしょう？　タクシーに乗るほどの距離じゃないけど、手配したほうがよかったかなあ……」

男は田中陽一《たなかよういち》という名前だった。年は三十代後半から四十代前半、要するにアラフォーだ。

イケオジとはお世辞にも言えないが、写真で見たより印象がよかった。横分けの髪も、痩せた体つきも、白いシャツにカーディガンの着こなしも清潔感があって好感がもてた。おまけに腰が低くて愛想もいいから、営業職の人なのかも、と香緒里は想像を逞しくした。

門から離れまで、宿の敷地内を五分ほど歩くようだった。夜なので庭の様子があまりよく見えないけれど、ここもきっと立派な散歩コースなのだろう。

「箱根で〈清流館〉に泊まってるなんて、お金もちなんですね？」

香緒里が嫌味にならないトーンで言うと、

「いやいや……」

田中は苦笑まじりに首を横に振った。

「一緒に来たやつが大学時代からの親友なんだけど、今度アメリカに転勤になってね。しばらく帰ってこられないから、日本情緒を味わわせてやろうって奮発したんだけど……奮発しすぎたかもしれない。正直、ちょっと後悔してる。僕なんて、中小企業のしがない営業マンだから……」

やっぱり営業の人だった！　と香緒里は内心で膝を叩いた。

「でも、大学時代からの親友のためにって、なんかいいお話ですね」

「うーん、後悔してるのは料金のこともあるけど、やっぱりこんなしっぽりした温泉宿、男ふたりで来るところじゃないよ」

「たしかに」

香緒里と佐代は眼を見合わせて笑った。

「だから、キミたちが来てくれて助かったんだ。男がふたりで飲んでると、結局は真面目な話になっちゃうしね。そうじゃなくて、明るく送りだしてやりたいから」

「お力になれるかどうかわかりませんけど」

香緒里はクスクスと笑いながら言った。佐代も笑っている。田中のキャラクターに安心したからだった。物腰も柔らかいし、高級旅館に泊まっていても特別リッチな富裕層ではない。おまけに連れが大学時代の親友なんて、親近感がもてる。香緒里と佐代も、高校時代からの親友なのだ。

噂に聞く〈清流館〉の離れは古民家ふうの造りで、庭を囲っている竹垣の向こうに湯煙があがっていた。みんなの憧れ、部屋付き露天風呂というやつだろう。

「さあ、どうぞ」

田中にうながされ、

「失礼します」

香緒里と佐代が靴を脱いで入っていくと、もうひとりの中年男が迎えてくれた。

野崎浩介《のざきこうすけ》という名前だった。痩せ型の田中に対し、野崎はでっぷり太った巨漢だった。写真で見るより太っていたが、嫌な感じのデブではなく、眼がくりくりしていてぬいぐるみのようだ。「どうも、どうも」としきりに恐縮して、暑くもないのに額の汗をハンカチで拭《ぬぐ》ったりしているのも、可愛らしくて好感がもてる。

ただ……。

モテないんだろうな、と申し訳ないが思ってしまった。アラフォー男がふたりで高級旅館――たとえ独身でも、女に困っていない男のすることではないだろう。そのうえお金を遣うセンスがない。オジがふたりで散財したいなら、キャバクラにでも行けばいいではないか。

「せっかくなんで、ルームサービスでちょっとしたおつまみを頼んでおきましたから。お酒もいいのが揃ってます。ビール、日本酒、焼酎、ワインにウイスキー、なんでもどうぞ」

「なんだかお酒落《しゃれ》な和風バーみたい」

「ねえー」

香緒里と佐代は笑顔で掘りごたつ式のテーブルについた。自分たちの宿でビールと日本酒はたくさん飲んだので、ウイスキーを飲むことにした。田中が手際よくオン・ザ・ロックをつくってくれる。

「いちおう、サントリー山崎の十二年です」

「へぇえ……」

香緒里は眼を丸くした。最近はジャパニーズウイスキーの人気が高騰しているらしく、十年物以上になると入手が難しいという話を聞いたことがある。舐めるようにひと口飲んでみると、芳醇《ほうじゅん》な香りが鼻に抜けていき、いいお酒を飲んでいる気分にさせてくれた。

（なんだかなぁ……）

お酒はおいしいし、田中も野崎ももてなし上手だったので、最初は気持ちよく酔っていた。しかし、しばらくして酔うほどに気分がくさくさしていったのは、男たちふたりがチラチラとなにかをうかがっていることに気づいたからだ。

佐代を見ていた。正確には佐代の胸を……。

（まったく、巨乳さまの威力はすごいわね。敵《かな》わないわよ……）

佐代はGカップの巨乳だった。顔立ちは黒眼がちな日本人形のようなのに、乳房だけはひどくヤンチャなのだ。しかも、いつだって胸の大きさを誇示するようなぴったりしたニットを着ている。今回は女子旅行だから他意はないのかもしれないが、こういう状況になってしまえば、男たちの視線を独り占めにして離さない。

だんだん苛々《いらいら》してきた。

田中と野崎はおそらく草食系男子なのだろう。奥手《おくて》オジと言ってもいい。夫の隆司もそうだからよくわかる。ふたりからは下心がまったく伝わってこなかった。マッチングアプリで出会ったにしては驚くほど紳士的だし、営業マンの失敗談や海外での面白話も楽しいトーク上手だ。尻込みする佐代を説得し、高級旅館の居心地を味わえて、本当によかったと思う。

だが、結局は佐代の巨乳においしいところを全部さらわれた。佐代の双頬がピンク色に染まっているのは、レアなウイスキーのせいだけではない。

男たちの視線を感じて興奮しているのだ。若い女の子は自分の体をジロジロ見てくるキモオジなんて大嫌いだ。香緒里も佐代もそうだったが、三十二歳の子持ちになってみれば、気持ちがいいに決まっている。自分の胸に異性からの熱い視線を感じながら飲む山崎の十二年は、さぞやおいしいに違いない。

悔しかった。

独身時代の合コンでも、佐代の巨乳には辛酸を舐めさせられてばかりいた。香緒里がいいと思った男でも、いや、最初は香緒里にモーションをかけてきた男でさえ、結果的には佐代にさらわれるパターンがよくあった。

しかし、香緒里もやられてばかりいたわけではない。合コンのメンバーに佐代が入っているとわかると、デコルテも露《あら》わなワンピースを着たり、大胆なスリットが入っているスカートを穿いたり、普段より五割増しでセクシーさを演出した。

佐代ほどではないが、香緒里の乳房だってDカップはあるので、寄せてあげるブラジャーを着けて、胸の谷間を見せつけたことまである。さすがに下品だと思って二度とやらなかったが、いまのこの状況ではそういった反撃の手段がひとつもない。

（どうしたらいいの？　どうしたら彼らの視線をこのわたしに……）

香緒里は歯嚙みをしながら知恵を絞った。タイプは違うけれど、顔面偏差値は同じくらいだろう。スタイルはこちらのほうがバランスがとれているはずだが、相手には巨乳という泣く子も黙る最終兵器がある。性格は正反対――佐代は聞き上手で、香緒里はおしゃべり。初対面の男の前なのでさすがに遠慮しているが、きわどいジョークを交えたマシンガントークなら自信がある。しかし、いまこの状況で、そんなことが求められているとは思えない。

なにか他にないだろうか？　佐代に勝てる世界線が……佐代になくて自分にはある、男を惑わす女の魅力があるはずだが……。

掘りごたつ式の席というのがうまくなかった。ソファであればしきりに脚を組み替えて、パンチラくらいはサービスするのに……。

「すいません。ちょっとお手洗い」

席を立ち、トイレに向かった。用を足すと、部屋付き露天風呂を見てみたくなり、元いた部屋とは反対方向に廊下を進んだ。竹垣に囲まれた庭の中に、白い湯煙が立っていた。

「うわあっ……」

思わず声が出てしまった。部屋付きとは思えないほど広々とした露天風呂だった。香緒里たちが泊まっている宿にも貸切風呂があるが、露天ではない。こちらはライトアップされている立派な庭に溶けこむように、岩で囲まれた温泉だ。野趣あふれつつ、雅《みやび》な雰囲気も漂っていて、圧倒された香緒里は一瞬、動けなくなってしまった。

「けっこういいでしょう？」

後ろから声をかけられ、振り返ると田中が笑顔で立っていた。その後ろには、野崎と佐代もいる。みんなで香緒里を探しにきたのか、あるいは温泉見物か……。

「ホームページに載ってる、この部屋付き露天風呂の写真を見て、泊まりたくなったんですよね」

田中が楽しげに言うと、

「なんとかっていう、世界的な建築家の設計だってね」

野崎も大きな体を上機嫌に揺らしながら言った。

「でもまあ、温泉なんて三十分と入ってられないし、泊まってみたらなんてことなかったですよ。遠くから憧れてるくらいがちょうどいい」

「あっ、あのう……」

香緒里は衝動的に口を開いた。

「わたし、温泉に入ってみたいな」

「えっ……」

田中と野崎の顔が、同時にこわばった。

「せっかくだから、みんなで一緒に混浴しません？　あっ、バスタオル巻けば恥ずかしくないですよ。わたしなんて、こんなにいい旅館に来ることは二度とないと思うんで、思い出づくりさせてください」

「いっ、いやっ……」

「そっ、それはっ……そのっ……」

田中と野崎がこわばりきった顔で目配せしあう。

「温泉に入ってもらうのは全然かまいませんけど、混浴っていうのは……さすがにまずいんじゃないですかねえ……」

もじもじしている田中は、やはり奥手オジだ。香緒里はその腕に抱きつき、しなをつくるように身をよじった。ついでと言ってはなんだが、田中の肘に胸のふくらみをむぎゅっとあててやる。

「いいじゃないですかあ……」

「混浴っていっても、バスタオル巻くわけだしぃ。ここは離れだから、宿の人は来ないでしょう？　バスタオル巻いてお湯に浸からないでくださいなんて、怒られないから大丈夫ですよぉ……」

いい歳をしてブリッ子している香緒里を見て、佐代が唖然としている。だがこれは、起死回生の一手となるはずだった。巨乳のおかげで男の視線を独り占めされていたが、裸になれば五分と五分だ。香緒里はエッチな仕草やセクシーな表情で男を惑わすのが得意だし、逆に佐代はそういうのが大の苦手である。おそらく、一緒に温泉に入ることすら拒むだろう。

（ふふっ、ひとりでお酒でも飲んでればいいわよ。いい気味……）

大胆さなら、佐代になんて負ける気がしない。バンギャ時代に培った図々しいほどの押しの強さを発揮すれば、おとなしい佐代なんて敵ではないのだ。

4

男たちが先に温泉に入ることになった。五分ほど時間を置いて香緒里が脱衣所に入っていくと、予想に反して佐代もついてきた。

「なによ？　あんたも入るの？」

「入るわよ」

佐代がぶんむくれた顔で睨んでくる。

「わたしひとりだけ部屋に残るの淋しいもん」

「ふーん、まあいいけど……」

香緒里はテキパキとワンピースを脱ぎ、下着もはずした。佐代に気づかれないように深呼吸をしつつ、長い髪をアップにまとめる。それから、左右の乳房をできるだけ寄せ、胸の谷間を限界まで深くして、バスタオルを体に巻いた。

（うわあっ……）

隣で佐代も下着を脱いでいた。裸になれば五分と五分だと思っていたが、たわわに実った生身の巨乳の迫力にたじろいでしまう。いつ見ても、何度も見ても、大きすぎる隆起である。

香緒里の谷間でも割り箸くらいなら挟んで運べそうだが、佐代の谷間ならバナナでもいけそうだった。いや、もしかすると挟んだバナナを皮ごと押しつぶしてしまうくらいのことができるのでは……。

「失礼します」

兎《と》にも角《かく》にも、脱衣場から露天風呂へと出ていった。佐代の武器は巨乳だけだが、こちらはもっといろいろなことができる。今度こそ、男たちの視線を独占してやりたくてたまらない。

田中と野崎は、すでにお湯に浸かっていた。呆然とした表情で、早くも顔を紅潮させている。

（なによ、こっち見なさいよ……）

香緒里は胸底で舌打ちした。男たちはふたりともあさってのほうを向き、こちらを見ようとしなかった。奥手で草食系なのはわかるけれど、女から誘って混浴しているのだから、べつにジロジロ見たっていいのだ。こういうときこそ鼻の下を伸ばしてエッチなジョークのひとつも飛ばすのが、大人の男のたしなみというものではないだろうか？

香緒里は内心で苛々しながらかけ湯をし、お湯に入っていった。

「ああーん、いいお湯」

乳房が沈まない程度に浸かった香緒里は、手のひらでお湯をすくって胸の谷間にかけた。三十二歳ともなれば、湯玉をはじくピチピチの肌というわけにはいかない。とはいえ、先ほどアロママッサージを受けたことだし、普段よりお肌の調子はいいはずだ。なにより、胸の谷間を意識させる仕草が、奥手オジたちの視線を鷲づかみにするはず……。

（ええっ？）

だが、田中も野崎もこちらを見ていなかった。ふたりとも、佐代の巨乳に夢中だった。バスタオルを巻いているのにお湯に浮かんでいるようで、柔らかな揉み心地を想像させる巨大な胸のふくらみに……。

「ううう……」

香緒里は悔しさに唇を噛みしめた。高校時代からの親友とはいえ、持って生まれたものだけでここまで男の視線を独り占めにする佐代が、憎たらしくてしようがなかった。かくなるうえは……。

「やっぱり、バスタオルなんて巻いてたら温泉を満喫できないわねえ……」

思いきって、体に巻いたバスタオルを取った。ふたつの胸のふくらみを露わにすると、奥手オジたちもさすがにこちらを見た。

「ちょっ……ちょっと……」

「さすがにそれはまずいんじゃ……」

あわてる様子が可愛かった。香緒里にしても、知りあったばかりの男たちと混浴した経験などなく、顔から火が出そうなほど恥ずかしかった。だがそれ以上に、視線を浴びるのが心地いい。

「アハハ、わたしもう結婚してるし、子供までいるんですよ。混浴くらい全然平気ですから」

澄ました顔で言うと、お湯の中を移動しはじめた。お尻を突きだして田中と野崎の間に割って入り、ふたりの顔を交互に見る。ふたりとも、にわかにそわそわしはじめた。下半身をタオルで隠しているが、勃起していることは間違いない。

(ふふっ、嬉しいな。男を興奮させるのって、こんなに気持ちいいことだったのね。すっかり忘れてた……)

その露天風呂は七、八人が一緒に入れそうなほど広く、恥ずかしがり屋の佐代は二メートルくらい離れたところにいる。離れていても、唖然としているのがわかる。眉をひそめ、高校時代からの親友に軽蔑の視線を向けてくる。

関係なかった。旅の恥はかき捨てというし、見られるだけなら全然かまわない。

そんなことより、興奮した男たちの視線の心地よさだ。興奮が生々しく伝わってきて、香緒里の乳首は疼きだした。さらに下腹の奥まで熱くなり、怖いくらいにジンジンしている。

(見たいのね？　こっちも見たいのね？)

乳房は露わにしたけれど、さすがに下半身は両手で隠していた。その両手をそっと離していく。優美な小判形に茂った黒い草むらが、お湯の中でゆらゆら揺れている。

「ぐっ……」

「むむっ！」

田中と野崎は、揃って口を手で押さえた。声が出そうなほど興奮したらしい。いや、鼻血が出そうなほどだろうか？

　素敵なリアクションだった。口を手で押さえ、眼を真ん丸に見開いているふたりの様子に、香緒里は満足した。どちらもう、佐代のほうなんてチラとも見ない。ふたりの視線は香緒里が独占している。

（たっ、たまらないわね……）

　生まれて初めて中イキを経験したときくらい、気持ちよかった。ただ見られてるだけでも、男がふたりに女がひとりだから、状況はちょっとアブノーマル。いままで変態プレイになんて興味がなかったが、変態の気持ちが少しわかった。お姫さまにでもなった気分だ。

「わっ、わたし、先に出てるねっ！」

　佐代が叫ぶように言ってお湯からあがった。長年の友情にヒビが入る音が聞こえたような気がしたが、かまっていられなかった。佐代が脱衣所に入っていくと、

「ねえ……」

　香緒里は汗の浮かんだ顔で、田中と野崎を交互に見た。

「触りたかったら、触ってもいいんだけどな……」

　あまりにも大胆な発言に、田中と野崎がハッと息を呑む。なぜそんなことを言ってしまったのか、香緒里は自分でもわからなかった。ただ、自分がお姫さまであるなら

ば、下々の民草に施しを与えてやらなければならない――そんなわけのわからない妄想が、勝手に口を動かした感じだった。

とはいえ、田中も野崎も奥手オジだ。こちらが触ってもいいと言ってるのに、真っ赤になって下を向いているだけだから、焦れた香緒里は自分から動いた。両手を左右に伸ばし、ふたりの股間を覆っているタオルを奪ったのだ。

「ちょっ……なにをっ……」

「かっ、返してくれっ……」

両手で股間を隠しながらあわてるオジたちは滑稽だった。香緒里は笑いながらタオルをぶん投げた。一メートルくらいしか飛ばなかったが、それを取りにいくためにはいったんお湯からあがって、下半身を丸出しにしなければならない。田中や野崎にそんな度胸はない。

「女のわたしが裸でいるのに、自分たちはタオルを腰に巻いているなんて、そんなの許されます？」

キッと眼を吊りあげてふたりを交互に睨む。香緒里は可愛いタイプではなく顔立ちの整った美人タイプなので、怒った顔に迫力がある。

「男だったら、もっと堂々としてください！　両手で隠したりしないで！」

強気な態度には理由があった。奥手な草食系には、ちょっと高圧的に振る舞ったほうが効果的なのだ。他ならぬ香緒里の夫がそうだった。

「ううう……」

ふたりの男たちはうめき声をもらしながら、のろのろと両手を股間から離していった。勃起しきった肉棒が二本、お湯の中で屹立《きつりつ》した。

「立って」

香緒里が眼を吊りあげたまま命じると、田中と野崎は泣きそうな顔になった。

「男だったら堂々としなさいって言ってるでしょ。立って堂々と見せてごらんなさいよ。恥ずかしいくらい勃起してるところ」

言い放つなり、香緒里はザブンと音をたてて立ちあがった。胸も股間を隠さず、仁王立ちになって黒い草むらからお湯をしたたらせる。

「なにやってるのよ？　男のくせに、女だけを立たせておいて平気なの？」

「あっ、いやっ……」

田中と野崎はあわてて立ちあがった。隠すことを禁じられた股間では、二本の肉棒が夜空に向かってそそり勃っている。

香緒里はまじまじと見比べてしまった。パッと見には、田中のイチモツのほうが大きそうだった。とはいえ、田中はガリガリに痩せているし、逆に野崎はでっぷり太っているから、体全体との比較でそう見えるのかもしれない。多少の差があったとしても、ふたりとも女を悦ばせるには充分なサイズを有している。

「……あげましょうか？」

香緒里が小声で言うと、ふたりには聞こえなかったようで、

「えっ？」

「はっ？」

と問い返してきた。さすがの香緒里でも、ハキハキと言い放つのはどうかと思うような台詞《せりふ》を口にしたのだ。

「舐めてあげましょうか？」

嘘だろ、とふたりの男たちが胸底でつぶやく声が聞こえた気がした。

「女にだってねえ、オチンチンを舐めたい夜くらいあるのよ。どうなの？　舐めてほしいの？　ほしくないの？」

田中と野崎は発情期のオス犬のようにハアハアと息をはずませながら、首の骨が折れそうな勢いでうなずいた。

5

あまりにも大胆な自分の言動に、香緒里は自分でも驚いていた。

口腔奉仕をしてもいいような気になったのは、べつに高級旅館の部屋に招待され、高価なウイスキーでもてなされたからではない。

単純に調子に乗っていた。まるでイケイケのバンギャ時代に戻ったようだった。

この先、こんな非日常的なシチュエーションに、二度と巡りあうことはないだろう。そうであるなら、満喫しておかなければ損ではないか。冴えない奥手オジとはいえ、相手がふたりとなるとお姫さま気分が味わえる。セックスレスに耐えながら毎日地道な生活を送っている子持ちの人妻にだって、そんな夜があってもいいではないか。

「でもその前に……」

発情期のオス犬のようになっているふたりをたしなめるように、香緒里は言った。

「ジャンケンしてもらえます？　わたしのお口、ひとつしかないし。いっぺんにふたつのオチンチンはフェラできないもの」

紅潮しきっていた男たちの顔がこわばった。

「ジャ、ジャンケンって……」

田中が野崎に言った。

「俺、勝ったことない……」

「俺もだよ」

「ジャンケン強い男とか、前世でどれだけ徳を積んだんだろうな……」

田中と野崎が、うーんと考えこみ、

「馬鹿なこと言ってないで、早くやって！」

香緒里は声を尖らせた。

「温泉で盛りあがるなら野球拳っていうのが、正しい日本の文化でしょ。でも、もう脱ぐものがないから、フェラしてあげるって言ってんのよ。なにかご不満でも？」

「あっ、いやっ……」

「ないですっ！　不満なんてないですがっ……」

「じゃあ、さっさとやりなさい。恨みっこなしの一回勝負！」

尖った声で言い放ちながらも、香緒里は気持ちがよくてしかたがなかった。これぞお姫さまの愉悦——ジャンケンとはいえ、ふたりの男が自分を巡って戦うのだ。

（まあ、べつに負けたほうにもしてあげるけどね……）

香緒里は最初から、敗者になにも与えないつもりではなかった。ただ、せっかく口腔奉仕までするのだから、お姫さま気分が味わいたかっただけだ。

「いい？　勝負は時の運なんて嘘だからね。ジャンケンが強い人は、心の中で勝ちたい！　って叫んでるのよ。勝利をもぎとってやろうっていう強い気持ちが、勇者と負け犬を隔てる運命の別れ道。つまり、勝ったほうがより強く、わたしにフェラされたいってことよね？　わたしにしゃぶられるところを想像して、アドレナリンどばどば出してるのよね？　そんな男にならわたしは喜んでフェラするでしょう。カリのくびれを舐めまわして、苦しくて涙が出ても根元まで咥えこんで、タマタマまで強く吸いたてて……なんなら、ごっくんしてあげてもいい」

香緒里がきゅうっと眉根を寄せ、唇を卑猥なＯの字に開くと、田中と野崎はごくりと生唾を呑みこんだ。股間で屹立している肉の棒が、ぐぐっと反り返っていく。

「じゃあいくわよ。ジャンケン……ポイッ！」

グーとグーであいこだった。

「もう一回っ！　ジャンケン……ポイッ！」

今度はパーとパーであいこになり、それから七回連続あいこが続いた。

（なっ、なんなのこの人たちっ……）

香緒里は唖然とした。ジャンケンで勝ったことがないという話は嘘ではないのかもしれなかった。いっこうに勝負がつかない展開に焦れてきたが、勃起しきった男根をブンブン揺らしながら、必死の形相でジャンケンをしている男たちは、滑稽でありながら愛らしく、いっそのことダブルフェラの離れ技でも披露してやろうかという気になってくる。

（ダメよ、どっちかは勝たせないと……勝負はそんなに甘くないのよ……）

香緒里は気を引き締め直し、

「さあさあさあ、そろそろ決着つけてちょうだい。勝って人妻の濃厚フェラを味わうか、負け犬になって指を咥えているか……ジャンケン、ポンッ！」

田中がグーで、野崎がチョキだった。

「うおおおおーっ！」

田中は天を仰いで拳を握りしめ、野崎はがっくりとうなだれた。勝者と敗者、鮮やかなまでに明暗が分かれた光景に、香緒里は感動すらしてしまった。とくに巨漢の野崎が打ちひしがれている様子は、憐《あわ》れを誘うほど面白かった。

（わたしのフェラを逃したことが、そんなに悔しいの？）

心の中で野崎にささやきかける。

（心配しなくても、あとでちゃんと慰めてあげるからね。ノブレス・オブリージュ。お姫さまはいつだって、民草に寄り添っているんだから……）

香緒里は完全に悦に入っていたが、

「いっ、いいですか？」

田中が男根を反り返しながら近づいてきたので、ハッと我に返った。お姫さま気分はここまでで、奉仕の時間が始まるようだ。

「あがりましょうか？」

香緒里は気を引き締めて静かに言った。三人とも膝から下はお湯に浸かっていた。

足湯のようなものだが、さすがにのぼせそうになってきたので、いったん露天風呂からあがる。

（さて、今度はわたしが頑張る番ね……）

仁王立ちになっている田中の足元に片膝をついてしゃがんだ香緒里は、彼に気づかれないように深呼吸した。

男たちは必死の形相で戦っていたし、そもそもフェラをしてもいいと言いだしたのは自分だから、逃げるつもりはなかった。ただ、こういう状況になってみると、セックスレスの長さが重く肩にのしかかってくる。八歳の息子を産んでから、いや、妊娠が発覚したとき以来求められていないのだから、実に九年もセックスのない暮らしに甘んじていたことになる。

もうやり方も忘れちゃったわよ——そう言ってガハハと笑うには、三十二歳は若すぎた。考えるとみじめな境遇に泣きそうになってくるが、いまはそんなことよりフェラである。夫が触れてくれない体を慰めるため、オナニーの回数ばかりが右肩上がりで増えているけれど、男に奉仕する愛撫の仕方は忘れてしまったかもしれない。できることなら、田中はもちろん、ギャラリーの野崎も興奮させるフェラを披露したいけれど、できるかどうか……。

とはいえ、それでもやらなければならないだろう。約束だから、というのももちろんある。しかし、それ以上に、香緒里にとってこのハードルを乗り越えることが、人生の重要な分岐点になる気がした。

見た目は全然違うけれど、田中と野崎、ふたりの奥手オジは夫の隆司によく似ていた。彼らを翻弄し、満足させることができたなら、夫との関係も一歩踏みこんで改善に向かえるような気がするのだ。

「それじゃあ、するね……」

上眼遣いで田中を見上げると、

「おっ、お願いします！」

興奮に上ずった声が返ってきた。目の前の男が他ならぬ自分に興奮しているのだと思うと、少し自信が戻ってくる。

香緒里は田中の股間に手を伸ばし、そそり勃った男根にそっと手を添えた。硬くて熱かった。硬さが鼓動を乱し、熱気が息をとめる。すりっ、すりっ、と軽くしごきたてると、

「おおおおっ……」

田中は顔を真っ赤にして声をもらした。その低く太い声に、香緒里の下腹の奥で、新鮮な蜜がじゅんとはじける。

奥手オジの反応は素直だった。すりすりっ、すりすりっ、としごくピッチをあげて

いき、先走り液を漏らしている鈴口をチロリと舐めてやると、

「おおおおっ……ぬおおおおっ……」

田中は野太い声をあげながら、腰をくねらせて滑稽なダンスを披露した。興奮しているることや感じていることを、隠しもせずに快感を嚙みしめる。そんな素直な姿には好感がもてる。

「ぅんあっ……」

香緒里は口を開き、亀頭をぱっくりと咥えこんだ。ゆっくりと唇をすべらせ、カリのくびれを集中的に刺激してやる。田中は首に筋を浮かべて限界まで腰をそらせ、いまにも射精に達してしまいそうだ。

（モテないんだろうなあ……）

香緒里は胸底でつぶやいた。

いい歳をして男友達とふたりでしっぽり系の温泉宿に泊まっているようなオジが、女にモテるわけがない。セックスの場数もそれほど踏んでいないだろうから、刺激に対する耐性がないのだ。

だからちょっとしゃぶってやっただけで、天を仰いで涙ぐんでいる。腰をくねらせる滑稽なダンスを見せつけながら、両脚をガクガクと震わせる。

（こんなフェラ、全然本気出してないのに……）

やれやれ、と香緒里は胸底で溜息をついた。バンギャ時代はどんな男でも五分で射精させる意気込みでフェラテクに磨きをかけていた。本気を出したら奥手オジなんて一分ともたないだろう。少なくても五分は楽しませてあげようと、これでも気を遣っているのだ。バキュームフェラは厳に慎み、男根と口内粘膜に隙間をつくって、なるべくねっとりしゃぶっているのに……。

しかし、それでも田中には充分なようだった。

「おおおっ……いいっ！　気持ちいいっ！　こんなに気持ちのいいフェラ、初めてですっ！　こんなの初めてですううーっ！」

ぎゅっとつぶった瞼《まぶた》の奥から、熱い涙を流して悶えに悶える。

（やだっ、本当に泣いてる……）

香緒里は、気持ちがよすぎて涙を流すような男を見たことがなかった。イケメンかつモテモテのバンドマンなら、意地でも感じていることを隠そうとしたし、クールを装って格好をつけていた。

その点、田中の反応は大げさではあるものの、香緒里も興奮させてくれた。おかげでうっかり、口腔奉仕に熱がこもってしまった。「むほっ、むほっ」と鼻息を荒らげて、五〇パーセントほどの吸引力でバキュームフェラを繰りだした。同時に根元を、すこすこっ、すこすこっ、としごいてやると、

「さっ、最高ですっ！　最高っ！　でええええーすっ！」

田中は泣きながら絶叫し、ふたつの拳を握りしめて体中を小刻みに震わせた。

しかも、それがお世辞ではないことを証明するように、腰の動きに変化があった。

それまではダンスを踊るように腰をくねらせていただけだったが、あからさまにピストン運動を彷彿とさせる動きに変わった。

「うんぐっ！　ぅんぐっ！」

喉奥をぐいぐい突かれると、さすがの香緒里でも苦しさに涙が出てきそうだった。

だが、この程度で根をあげるわけにはいかない。

（エッチがしたいんだろうなあ……）

田中の腰の動きは、どう見てもそれをアピールしていた。危険な領域に差しかかっているようだった。香緒里もまた、男根で貫かれたくなってきたからである。さっさと口内で出させないと、最後まで突っ走ってしまいそうな自分が怖い。

# 第三章　脱衣所でよがって

## 1

弓永佐代は脱衣所に入ってくるなり、頭を抱えてしゃがみこんだ。

バスタオルを巻いただけの格好だった。お湯に浸かっていたバスタオルだからびしょびしょだったが、温泉効果で汗がとまっていなかったので、すぐにニットやデニムに着替える気にはなれなかった。

（信じられない……信じられない……）

混浴どころか、胸や股間を隠しているバスタオルまで取ってしまった香緒里の行動には、呆れ果てるしかなかった。長い付き合いの友達ではあるが、もはや友情もこれまでかと思ってしまう。

いや、考えてみれば香緒里には昔からそういうところがあった。一緒にいる男たちの視線が佐代に向きそうになると、途端に奇行に走るのだ。やたらと薄着になったり、屈んで胸の谷間を見せつけたり、さらにはしきりに脚を組み替えてミニスカートの中をのぞかせたり……。

だがそれでも、男たちの視線は佐代に向いていたことのほうがずっと多い。胸が大きいからである。「おっぱい星人」なんて言っている男は大嫌いだし、好きで巨乳に生まれたわけではないけれど、恋愛のステージにおいて胸の大きさは男を惹《ひ》きつける強力な武器になる。

以前ネットのコラムで読んだのだが、指名のとれなかったキャバクラ嬢が、豊胸手術をした途端にナンバーワンになったことがあるらしい。顔も胸以外のスタイルもトークスキルもまったく前と同じなのに……。

男というものは、かくも巨乳が好きなのである。だから香緒里は、いつだって佐代にジェラシーの炎を燃やしている。もっと自分を見て！　と男たちにアピールしている。それにしたって、全裸で混浴はやりすぎだろう。既婚者で子供までいるのに、どうしたらそこまでハレンチなことをやってのけられるのか？

（セックスレスが原因なのかな……）

欲求不満を溜めこめるだけ溜めこんだ挙げ句、家族の眼の届かないところでついに爆発してしまった、とでも考えなければ理解できなかった。

もうずいぶんと長い間、香緒里はセックスレスに悩んでいた。デリケートな話題なので、最初に相談されたのは一年くらい前のことだし、それもかなり遠まわしだったが、会うたびにその話題になるから、やがて全貌があきらかになった。

香緒里は今年八歳になる息子を妊娠した時点から、夫に抱かれていないらしい。つまり、もう九年にもわたってセックスレス！　それも五十代、六十代の話ではない。二十代後半から三十代前半という、女がいちばん綺麗なときにである。

「それはさすがに同情しちゃうな……」

「でしょ、でしょ」

「ダンナさんと一度しっかり話しあってみたら……」

「なに言ったたって『ごめん』しか返ってこないんだから、話しあいなんてできるわけないのよ」

香緒里の境遇には同情したが、佐代には愚痴を聞いてあげることくらいしかできなかった。

佐代もまた、夫とセックスレスだからである。

貴明《たかあき》というのが、佐代の夫の名前だ。二歳年下で、中堅規模の広告代理店に勤めている。趣味を大事にするスポーツマンで、結婚前からフットサルのチームをつくって、毎週のように試合をしていた。

恋人時代や新婚時代は、弁当をつくって試合の応援に行ったりもしていたが、佐代はスポーツ全般がまるで好きではなく、フットサルはおろか、サッカーのルールすらよくわからないから、そのうち行かなくなった。

ただ、熱中できる趣味があるのはいいことだと思うので、家族サービスよりフットサルを優先されても文句を言ったことはない。

というのも、佐代も佐代でパティシエの仕事に熱中していたからだ。専門学校を出てからずっと、南青山の洋菓子専門店で働いている。子供を産んでも職場には早期復帰し、さらに白金にある支店の店長に昇格したりしたので、夫婦の時間はどんどん少なくなっていった。

友達の多い夫は、放っておいても平気な男だった。ただ、あまりに放っておきすぎて、浮気をされた。

香緒里には絶対言えないが、佐代はサレ妻なのである。子供もいたし、夫が泣いて謝ったので離婚まではしなかったが、佐代は心から許したわけではなかった。あのとき以来、佐代のほうから夫とのセックスを拒んでいる。自分の中でケジメをつけるまで、再開するつもりはない。

（わたしだって、いつか浮気してやるんだから……）

佐代は恋多き女ではないし、浮気相手のあてなどなかった。しかし、こちらも浮気をしたら、それでようやく夫との関係がフィフティ・フィフティ、そのときこそ本当に許せそうな気がする。

それまでは、夫婦生活は断固拒否だ。そんな日々がもう一年以上続いてるから、サレ妻の愁《うれ》いより、セックスレスによる欲求不満のほうがはるかに大きくなっていたが、佐代は職人気質《かたぎ》の頑固者なのである。

「えっ？」

露天風呂から脱衣所に誰かが入ってきたので、佐代はハッと我に返った。次の瞬間、驚愕のあまり黒眼がちな眼を真ん丸に見開いてしまった。

入ってきたのは野崎だったが、全裸で勃起していたのである。肥満体の彼は大きく腹が突きだしているから、反り返った男根もそこでとまっているが、普通の体型なら切っ先が天井を向きそうな勢いだった。

「すっ、すいませんっ……」

野崎は申し訳なさそうに謝り、脱衣所の隅にあるタオル置き場までそそくさと行って、タオルを腰に巻いた。

タオルを巻いていても勃起していることがはっきりわかったが、そんなことより気になることがあった。勃《た》っているということは興奮しているはずなのに、野崎の表情は暗かった。まるで縁日ですくってきた金魚が翌日全部死んでしまったときの小学生のように、沈鬱《ちんうつ》さだけに支配されていた。

「……どうかしたんですか？」

佐代は遠慮がちに訊ねた。こちらもバスタオル一枚の格好なので、黙っているほうが気まずかったからだ。

「いや、その……それがその……」

野崎が口ごもりながら、露天風呂に続く扉をチラッと見た。

（扉の向こうで、いったいなにが起こってるの……）

嫌な予感しかしなかった。露天風呂に残っているのは、香緒里と田中だ。香緒里は全裸になっている。田中は真面目そうな男だが、胸のふくらみも股間の翳《かげ》りも露わにした欲求不満の人妻を前にして、いつまで理性を保っていられるか……。

胸の大きさでは佐代が圧勝しているものの、香緒里は美人だし、顔に似合わないほどエッチな女だ。合コンの席で悩ましい表情をしたり、ボディタッチを繰り返したり、ホステスのようなしなをつくったり——同性の佐代はたびたびげんなりさせられたものだが、男たちは眼を輝かせた。かつてバンギャだった香緒里は、どんな反則技を使ってでも、男の視線を独り占めしようとする。もちろん、独身時代の話だが……。

（結婚して、ずいぶんおとなしくなったみたいだったけど……）

いまの香緒里は、九年もの長きにわたるセックスレスによって欲求不満という爆弾を抱えている。混浴だなんて言いだしたのも、きっとそれと無関係ではなく、自暴自棄になっているのだ。

野崎を見た。

露天風呂でなにが起こっているのか教えてもらおうとしたが、眼をそむけられてしまった。高校時代からの親友の浅ましい姿など見たくもなかったが、こういうことは一度気になりだすと気になってしょうがない。

佐代はのそっと立ちあがり、抜き足差し足で扉に向かった。何度か深呼吸をしてから、息をとめてほんの少しだけ扉を開けて露天風呂をのぞく。

（嘘でしょ……）

仁王立ちになった田中の足元に、香緒里は片膝を立ててしゃがんでいた。頭が前後に動いている。口唇に咥えこんだ男根をしゃぶりあげるために……。

佐代はあわてて扉を閉め、背中を向けた。信じられなかった。香緒里はバンギャ時代、かなりの発展家だったらしい。だが、それは過去の話だ。既婚者になり、子持ちになってまで、あんなことをするなんて……。

心が千々《ちぢ》に乱れていたが、すぐにかまっていられなくなった。体に巻いているバスタオルがはずれたのだ。巨乳が目立たないように強く巻いていたので、締めつけられた大きな隆起にはじかれてしまったらしい。お湯に浸かっていたバスタオルだから重みがあり、気がつけば足元に落ちていた。

少女時代なら、「きゃあっ！」と悲鳴をあげてしゃがみこむところだった。しかし、三十二歳になった佐代は、そういうことができなかった。大人になって恥知らずになったわけではなく、大げさに振る舞うことのほうが恥ずかしいという無意識が、悲鳴をあげさせてくれなかったし、即座にしゃがみこむこともできなかった。

視線を感じた。

さして広くもない脱衣所に、裸の女が呆然と立ちすくんでいれば、見るなというほうが酷《こく》な話かもしれない。

（なっ、なんとかして……この変な空気を変えてちょうだい……）

佐代はすがるように野崎を見た。いまならば、セクハラ気味のエッチなジョークを飛ばしても許そう。しくじりを笑いに変えてくれるなら、面白くなくても笑う。笑って誤魔化しつつ、新しいタオルを取りにいく。

しかし、野崎の瞳に宿っていたのは、茶目っ気のあるスケベ心ではなく、煮えたぎるような欲情だった。

# 2

（どっ、どうしようっ……）

佐代は動けなかった。初動に失敗してしまうとどうにもならなくなるのが、人間という生き物なのかもしれない。バスタオルが床に落ちた瞬間に悲鳴をあげてしゃがみこむことができなかったせいで、金縛りに遭ったように動けなくなってしまった。

（みっ、見ないでっ！　そんなに見ないでよっ！）

さらけだされた裸身に、野崎の熱い視線が注ぎこまれている。見られているだけでも恥ずかしいのに、じりっ、じりっ、とこちらに近づいてくる。野崎もまた裸身であり、腰にタオルを巻いただけの格好だった。そしてタオルの前は、勃起した男根に持ちあげられている。

手を伸ばせば届く距離まで近づいてくると、

「すっ、素晴らしいっ……」

野崎は嚙みしめるように言った。

「こんなにセクシーなヌードを見たのは、生まれて初めてかもしれない……素晴らしいっ……素晴らしいっ……」

なにを大げさな、とは佐代は思わなかった。生まれて初めてはお世辞かもしれないが、自分の裸が男の眼にどう映っているのかくらいはよく知っている。同性からは巨乳ばかりをやっかまれるが、腰は蜜蜂のようにくびれているし、ヒップにもたっぷり肉がついてボリューミー。太腿やふくらはぎなど、どこもかしこもムチムチしている佐代のボディは、要するに「男好きする体」というやつなのである。

「素敵です……ああっ、本当に素晴らしいですよ……」

ボンッ、キュッ、ボンッ、のボディラインを舐めるように眺めている野崎は、陶然とした顔でささやいた。

「家にこんな奥さんがいたら、たまらないだろうなあ。僕は恥ずかしながらまだ独身で、海外出張が決まったからしばらく独り身が続きそうですけど、結婚するなら佐代さんみたいな人がいいなあ……」

佐代さんみたいな「体」だろ！　と佐代は内心で突っこんだ。こちらがどこで生まれ育って、なんの仕事をしているのかも知らないくせに、裸を見ただけで結婚などという言葉までもちだすなんて笑止千万。

（馬鹿じゃないの！　人間、大切なのは外見じゃなくて中身でしょ。そういうの、ルッキズムっていうんだからね！）

胸底でいくら悪態をついたところで、体が熱く火照りだすのをどうすることもできなかった。温泉から出てもう十分くらい経つのに、汗がとまる気配もない。おまけに鼓動が限界まで乱れ、ハアハアと息がはずみだしてしまう。

佐代は褒められるのに弱いのだ。

パティシエとして働いているときは、ちょっと褒められたくらいで慢心しないよう気を張っているが、そのぶんプライヴェートでは極端に褒め言葉に弱い。

夫は女を褒めるのが異常に上手く、愛の言葉をささやく手間を惜しまないタイプだった。だから結婚したわけだが、夫の浮気が発覚して夫婦生活を拒むようになってからは、セックスだけではなく、褒められることもなくなった。

野崎を見ると、視線が合った。

もっと褒められたかった。

ボディラインだけではなく、触り心地や抱き心地、あるいはベッドマナーのあれこれまで、もっともっと……。

「さっ、触ってもいいけど……」

佐代が小声でボソッと言うと、

「えっ？」

野崎は息を呑んだ。

「おっ、おっぱいを……触っていいんですか？」

コクン、と佐代はうなずいた。

「あっ、いやっ……マジですか？　まいったなあ……ジャンケンも勝てない僕みたいな運なし男に、そんなラッキーが舞い降りてくるなんて……」

いい歳をした巨漢のくせに、いかにも場数を踏んでいなさそうな野崎はもじもじしていたが、やがて欲望に負けて手を伸ばしてきた。

「ちょっと待って！」

佐代は声を尖らせて制した。

「触っていいって言ったけど、いきなりそこに来る？」

「……とおっしゃいますと？」

野崎は泣きそうな顔になっている。

「胸を触る前に、普通はキスでしょ？　まずはキス、常識じゃない」

「はっ、はいっ……」

米つきバッタのようにうなずいてから、野崎は分厚い両手で佐代の双頬を挟んだ。下手なキスをされそうな予感しかしなかったが、いまさらそんなことを言ってもしかたがない。

「うんんっ！」

唇を重ねられた。野崎が舌を差しだしてこなかったので、佐代は内心でニヤリと笑った。

「すっ、すごいプリプリしてますね？」

でしょ、でしょ！　と胸底で快哉《かいさい》をあげる。そうなのだ。佐代は黒眼がちな日本人形のような顔をしているが、キスをすると唇がひどく肉感的らしい。見た目と感触にギャップがあるから、佐代と唇を重ねてそれを褒めなかった男はいない。

「じゃあ、プリプリした唇、もっとチュウして」

「はっ、はい、わかりましたっ……」

年上のくせに、すっかり敬語になってキスをしてくる。今度はお互いに舌を差しだし、からめあわせた。ねちゃねちゃと音をたててお互いの舌をしゃぶっていると、いやらしい気分になるなというほうが難しい。

「ほら、もう触っていいわよ……」

キスを続けながら、野崎の手を取って胸のふくらみに導いた。

「やさしくしてね……」

佐代の言葉に逆らわず、野崎は大きな隆起を裾野《すその》からそっとすくうと、やわやわと揉みしだいてきた。さらに全体を愛《め》でるように撫でまわし、先端の乳首をコチョコチョとくすぐってくる。

「あああっ……」

いやらしい声がもれた。夫婦生活を断固拒否している体は、わずかな刺激でも敏感に反応した。野崎は体型にそっくりなむっちりした太い指をしており、にもかかわらず動き方は繊細だった。乳首をくすぐっては転がし、転がしてはくすぐられていると、あっという間に左右の先端が物欲しげに突起した。

（いやだっ……こんなに尖って……）

自分の乳首をチラッと見て、佐代の顔は熱くなった。恥ずかしかったが、その感覚が新鮮だった。若いころの佐代は、自分でも情けなくなるほど極端な恥ずかしがり屋だったが、歳を重ねるごとに、恥ずかしさが快楽のスパイスになることを知った。恥ずかしさの向こう側に、女の悦びのすべてがある。

「あううっ！」

唐突に乳首に吸いつかれ、佐代はのけぞった。ふたりとも立っていたが、巨漢の野崎に腰を抱かれているので、後ろに倒れたりはしなかった。

（触ってもいいって言ったけど、吸ってもいいとは……）

言っていなかったが、咎める気にはなれなかった。もちろん、気持ちがよかったからだ。巨乳は感度が悪いなどという馬鹿な都市伝説があるが、佐代の場合はとても敏感だ。それでも、オナニーのときに刺激したりはしないので、乳首への愛撫はセックスのときだけの特別なギフトなのだ。

「はぁあああっ……はぁあああっ……はぁああああああーっ！」

チュウチュウと音をたてて乳首を吸われ、佐代は乱れはじめた。稚拙《ちせつ》といえば稚拙な愛撫だったが、いまはそのくらいがちょうどいい。体の中に溜めこんだ欲求不満が、稚拙な愛撫でも充分に官能を揺らがせる。

とはいえ……。

立っているのがつらくなってきた。野崎にしても、立った状態で乳首を吸うためには腰を折り曲げなければならず、腰痛になったら気の毒である。

脱衣所には椅子がふたつ並んで置いてあった。芸能人御用達の高級旅館でも、脱衣所の椅子まで凝ることはできないようで、ビニール張りのパイプ椅子だ。

「ねえ、ちょっと……」

佐代は野崎の手を取ると、パイプ椅子に座らせ、両腿の間にまたがった。対面座位の体勢である。佐代は全裸だが、野崎は腰にタオルを巻いている。これでは挿入できないが、それでいい。

いまのところ、挿入までしたいわけではない。ただ自慢の巨乳を、もっとじっくり愛でてほしいだけだ。

3

「素晴らしい……素晴らしい……」

野崎はうわごとのように言いながら、目の前に迫《せ》りだしている乳房と戯《たわむ》れている。立ったままでは片手でしか揉めないけれど、対面座位の体勢になれば両手が使える。なんなら、胸の谷間に顔を埋めることだって……。

「むううっ……」

野崎も同じことを考えていたようで、たわわな肉房に顔面をむぎゅっと押しつけてきた。さらに、胸の谷間に顔を埋めつつ、両手で双乳を揉みしだく。いや、揉んでいるというより、左右の乳房を使って、自分の双頬をパフパフ叩いている。

(すっ、すごい興奮してるのねっ……)

佐代の呼吸は昂《たかぶ》っていくばかりだった。胸の谷間にある野崎の顔が熱かった。興奮に紅潮した顔はこんなにも熱いのだと感動してしまう。

ここまで欲望を剝きだしにして乳房を愛撫されたことが、佐代にはなかった。合コンの席では人の胸ばかりジロジロ見てくるくせに、いざベッドインになると「俺、巨乳が大好きなんです」と素直に言えないのが、男という生き物だと思っていた。当然、愛撫も遠慮がちで、腰が引けている。

見栄もあれば、照れもあるのかもしれないが、そんなものは振りきって、好きなところをまっすぐに愛撫されたほうが女だって気持ちいいのだ。

その点、野崎の愛撫には遠慮というものが微塵も感じられなかった。胸の谷間に顔を挟んでパフパフしていたかと思えば、今度は隆起全体を舐めはじめた。滲《にじ》んだ汗を拭うように舌を這わせ、キスマークがつかない程度に隆起を吸う。

巨乳は面積が広いから全部舐めるのは大変だろうに――佐代の心配もよそに、野崎は隆起に舌を這わせることに没頭し、もはや忘我の境地にいるようだった。

「んんっ……」

佐代は両脚の間に異変を感じた。一枚のタオルを隔てて、勃起しきった男根が股間にあたっている。硬くなりすぎて苦しいのか、野崎がもじもじと身をよじりはじめたから、あたるのだ。忘我の境地といっても煩悩《ぼんのう》から自由になったわけではなく、むしろ煩悩まみれになっているらしい。

（このまま蛇の生殺しっていうのも、可哀相《かわいそう》かな……）

野崎は好みのタイプでもなんでもないが、一心不乱に巨乳と戯れている彼の姿は愛らしかった。「素晴らしい……素晴らしい……」と口走りながら愛撫をしてくるところも、褒め言葉に弱い佐代としてはいい気分だった。

とはいえ、セックスがしたいというところまで好感度はあがっていない。夫の浮気を許したかわりに、佐代には浮気をする権利がある。いや、こちらも浮気をしてはじめて、夫のことを許すことができる気がする。ただ、報復の浮気は一回だけと決めているから、相手を野崎に決めきることができない。お世辞にも格好いいとは言えないし、セックスだって上手そうではない。

となると……。

「ねえ、野崎さん……」

意味ありげな声音でささやくと、野崎は巨乳から顔を離してこちらを見た。

「タオルの下、ずいぶん苦しそうだけど、大丈夫？」

「だっ、大丈夫か大丈夫じゃないかって言ったら、大丈夫じゃないですけど……」

「わたしにできること、なんかある？」

「そっ、それは……」

野崎は息をとめ、眼を泳がせた。さまよっていた視線がとまったのは、露天風呂に続く扉を見たときだった。

「香緒里がしてるようなこと、してほしいの？」

「ううっ……」

野崎は大きな顔面にタラタラと汗を流しながら唸った。ガマの油みたいだな、と佐代は思ったが言わなかった。

「さっ、さっきキスしたとき、佐代さんの唇とってもプリプリしてたから、フェラしてもらったら気持ちよさそうだなって……」

褒め言葉を挟んできたところには、座布団を一枚あげてもいい。

「唇だけ？」

妖しげな眼つきで野崎を見る。

「わたしには、香緒里にはないエッチな武器があるのよ。あなたが大好きな……」

豊満な双乳を両手で持ちあげると、野崎は眼を見開いた。

「挟まれたいんでしょ？」

「おっ……おっ、お願いしますっ！」

野崎はいまにも泣きだしそうな顔で叫んだ。佐代が彼の両腿の上にまたがっていなければ、脱衣所の床板の上で土下座しそうな勢いだった。

「そそそっ、そんなことしていただけるのでしたら、僕はもうっ……もう死んでもいいっ！」

「大げさね」

佐代はクスッと笑ったが、悪い気分ではなかった。かくなるうえは、香緒里にはない武器を使って、野崎を死ぬほどいい気持ちにしてやるだけだ。

野崎の両腿の上からおりた。床に膝立ちになって、野崎が腰に巻いているタオルをめくる。

「おおおっ……」

勃起しきった男根が新鮮な空気にさらされ、野崎は太い声をもらした。佐代は眼を見開き、だがすぐに眼を細めてまじまじと男根を眺めた。

野崎はでっぷり太っているので小さく見えるが、男根のサイズはそれほど貧相なものではなかった。ごく普通だと思うが、とにかく反り返り方がすごい。しかも、先端の鈴口から大量の先走り液を漏らし、亀頭がテカテカ光っている。これは絶対、温泉に浸かっていたせいではない。

「おおうっ！」

根元をぎゅっと握りしめると、野崎はのけぞった。佐代はしばらくの間、緩急をつけて根元を握ったり、しごいたりしてから、野崎のほうに身を乗りだしていった。はちきれそうなほど豊満な双乳を、両サイドから支えて谷間に男根を挟んでやる。

「おおおっ……ぬおおおおっ……」

自分の男根が真っ白い乳肉に挟まれている光景を見て、野崎は異常に興奮した。じっとしていることができないらしく、パイプ椅子の上で尻をはずませている。なにしろ巨漢だからギシギシと椅子が鳴り、壊れてしまわないか心配になるほどだ。

「野崎さん、あなたいま、とってもエッチなことされてるのよ……」

佐代はささやき、口内に唾液を溜めた。下唇の中心からツツーッと糸を引いて唾液を垂らし、男根にかけてやる。思ったより分量が必要そうだ。

ツツーッ、ツツーッ、と唾液を垂らしながら、ユッサユッサと双乳を揺らす。さらに上半身を動かして、男根をむぎゅむぎゅと揉みくちゃにしてやる。

「おおっ、素晴らしいっ……てっ、天国ですっ……」

大きな顔面をみるみる真っ赤にしていく野崎を尻目に、佐代は唾液を垂らしつづけた。いやらしいほど硬くなった男根をネトネトにすると、唾液をローション代わりにしてしごきはじめた。

「くぅおおおおおおーっ！」

ヌルリッ、ヌルリッ、と男根をすべらせてやると、野崎はのけぞった状態で両脚をジタバタさせた。興奮しきっているようだった。しかし、こんなものはまだ序曲のようなものだ。野崎の興奮に扇情《せんじょう》された佐代は、黒眼がちな眼を妖しく輝かせながら、さらに前屈みになっていく。

亀頭を舐めるためだった。ヌルリッ、ヌルリッ、とすべる刺激で肉竿《にくざお》を愛撫しながら、舌を差しだした。淫らに尖らせた舌先で、チロチロ、チロチロ、と鈴口や裏筋を舐めてやる。

「ぬおおおおーっ！　ぬおおおおおーっ！」

野崎はもはや、自分でも制御不可能なほどの興奮状態に達しているようだった。顔面は茹《ゆ》でたように真っ赤だし、体中を小刻みに震わせている。ぎゅっと眼をつぶって天を仰いでいたかと思えば、すぐに眼を見開いてこちらを見てくる。類《たぐ》い稀《まれ》な巨乳によるパイズリは、視覚的にもいやらしいのだ。それを一秒でも長く見ていたいという執念じみた情熱が伝わってくる。

（やだっ……）

両脚の間が熱くてしようがなかった。触ってもいないのに、新鮮な蜜をこんこんと漏らして左右の内腿をべったり濡らしている。

このまま野崎を射精まで導けそうな手応えが、佐代にはあった。パイズリをしつつプリプリリップでフェラしてやれば、あっという間に熱い白濁液を飛ばしてきそうだった。しかし、それではこちらの疼ききっている体はどうしてくれるのだろう？　射精させたお礼にクンニをしてほしいとねだれば、野崎は喜んでしてくれそうだったが、それがいい方法だとはとても思えない。

野崎が下手そうだからである。

情熱的な愛撫はできても、クンニには技術がいる。指と舌だけで女をイカせるには、それなりの経験が必要なのである。

そうであるなら……。

いま胸に挟んでいる男根で貫いてもらったほうが、ずっと気持ちよさそうだった。ピストン運動にも上手い男と下手な男には雲泥の差があるが、野崎にそこまで期待する必要はない。男根を硬くしていてくれれば、あとはこちらでなんとかする。佐代はお淑やかな顔に似合わず、騎乗位が得意だし、大好きな体位なのだ。

（ついに浮気をしちゃうことになるけど……まあ、いいわよ……）

自分も浮気をすれば夫を許せそうなのだから、これは家庭円満への一里塚。もはや引き返すことができないところまで欲情しきっている佐代だったが、野崎とするのが夫婦生活復活のためと思えば、罪悪感なんてまるで覚えなかった。

# 4

「えっ？　えええっ……」

唐突にパイズリを中断すると、真っ赤な顔の野崎は大仰に眼尻を垂らした。もうすぐ出そうだったのに、と彼の顔には書いてあった。寸止め生殺しのもどかしさのせいで、愛撫を中断しても身をよじることをやめることができない。

「横になって……」

佐代は野崎から顔をそむけ、低い声で言った。

「あなたがパイズリよりしてほしいことをしてあげるから、あお向けに……」

佐代はいま、人生で最高かと思えるくらい欲情していた。野崎に魅力があるわけではなく、欲求不満が体を極限まで疼かせていた。ここまで昂ぶっている体を鎮めるにはオナニーでもするしかないが、自分たちの宿に帰るまで我慢しなければならないのかと思うと、気が遠くなりそうだった。そもそも、自分たちの宿に帰ったところで、ひとりになれる場所を確保できるとは限らない。

ならば、目の前でそそり勃っている男根を使わせてもらったほうがいいだろう。露天風呂でフェラをしていた香緒里は、おそらくセックスまで雪崩《なだれ》こむはずだ。ひとりだけすっきりした顔の香緒里と、一緒に宿に帰るのだけは嫌だった。だが、ふたり揃ってすっきりすれば、「旅の恥はかき捨て」と笑いあうことだってできるはずだ。

「こっ、これでいいですか？」

床にあお向けになった野崎が、声をかけてきた。脱衣所の床は板敷きである。ベッドの上と違ってひどく硬い。だが、心配はいらない。野崎に痛い思いをさせるつもりはない。

こういう場所でのセックスで最初に思いつく体位は、立位だろう。だが、でっぷり太っている野崎に向いているとは思えなかった。対面立位では出っ張ったお腹が邪魔になりそうだし、立ちバックでは腰使いに期待がもてない。

それでは、正常位はどうか？　男が上になると板に膝をつかなければ腰を使えない。膝を痛める結果になるか、膝が痛くて途中でやめるか……四つん這いのバックスタイルに至っては、男も女も膝が痛い。

佐代が騎乗位をチョイスしたのは、そういう理由からだった。もちろん、騎乗位だって膝をついて腰を使えば、膝を痛める。パティシエという立ち仕事に従事している佐代にとって、膝を痛めるのは致命傷である。

だが、世の中には「女が膝をつかないでする騎乗位」というものが存在するのだ。香緒里がバンギャ時代に得意にしていた体位で、やりちんのくせに面倒くさがりのバンドマンを落とすときの切り札だったらしい。その名もスパイダー騎乗位……。

「いくわよ……」

男の腰をまたいだ佐代は、仁王立ちで野崎を見下ろした。逆に野崎は、固唾を呑んでこちらを見上げている。全裸なので草むらはもちろん、女の花まで見えていることだろう。しかし、ここで恥ずかしがっていては先に進めない。女に生まれてきた悦びは、恥ずかしさの向こう側に潜んでいる。

ゆっくりと腰を落としていった。足の裏は板につけたままだから、必然的に両脚を開くとガニ股になる。和式トイレにしゃがむ格好と言ってもいいが、これはかなり恥ずかしい。正常位で男に両脚を開かれるのと違い、みずからその格好になっていくからである。

（ああっ、一年ぶりのセックスが、こんないやらしい体位なんて……）

佐代は内心で悶絶しながらも、なんとかM字開脚の格好になった。勃起しきった男根に手指を添え、切っ先を濡れた花園にあてがっていく。野崎は限界まで眼を見開き、発情期のオス犬のようにハアハアと息をはずませていた。野崎の眼からは結合部分が丸見えだから、興奮するのも当然だった。

佐代は陰毛がナチュラルに薄いほうなので、アーモンドピンクの花びらが亀頭に吸いついているところまで、つぶさにうかがえるはずだった。平静を装っていても、熱い視線を女の花に注ぎこまれ、ジンジン疼いてしかたがない。

「んんんんーっ！」

ずぶっ、と亀頭を咥えこんだ。佐代はすでに、濡れすぎるほど濡れていたから、挿入はスムーズだった。それでも一気に腰を落とさず、少しずつ、少しずつ、繋《つな》がっていく。三歩進んで二歩下がる感じで、股間を小刻みに上下させる。そうやって自分を焦らしたほうが、興奮も感度も高まるからである。なんでも早ければいいというものではないのだ。

「あうううーっ！」

最後まで腰を落としきると、歓喜の衝撃が頭のてっぺんまで響いてきた。一年ぶりに男根を迎え入れたせいだろう。一瞬、白眼まで剝きそうになったくらいだ。

「あああああっ……はぁあああああっ……」

佐代はもう、自分を焦らすことなんてできなかった。繫がった瞬間に動きだすなんて、性に飢えた女みたいで恥ずかしかったが、実際に飢えているのだからしかたがない。クイッ、クイッ、と股間をしゃくるように腰を動かし、肉の悦びに溺れていく。

(きっ、気持ちいいっ……セックスってこんなに気持ちよかったっけ？)

実際に男根で貫かれてみると、自分の欲求不満が想像以上に大きかったことに気づかされた。ダムが決壊するように発情の蜜があふれだし、野崎の陰毛を濡らした。ずちゅっ、ぐちゅっ、と卑猥な肉ずれ音がたっても、羞じらうこともできないまま腰振りのピッチをあげていく。

「すっ、素晴らしいっ……素晴らしいっ……」

野崎は真っ赤な顔でうわごとのように言いながら、佐代を見上げている。興奮に潤んだ彼の瞳には、衝撃的な光景が映っているはずだった。男の上でM字開脚を披露し、みずから大胆に股間をしゃくっている女――AV女優さながらのきわどい動きだし、当たり前だがモザイクなんか入っていない。女の割れ目に男根が突き刺さっている生々しい光景を見せつけられ、糊《のり》づけでもされているように眼を見開いている。

「すっ、素晴らしいっ……素晴らしいです、佐代さんっ！　こんなセックスッ……こんなに興奮するセックスをしたのは初めてだっ！」

お世辞でも、そこまで言われれば女の気持ちもアゲアゲになる。興奮しきっている男に、サービスをしてやりたくなる。

佐代は腰の動きを変えた。股間を前後に動かすのではなく、スクワットをするように上下させはじめた。女の割れ目を唇のように使い、男根をしゃぶりあげる要領だ。結合感が変わるのはもちろん、それ以上に見た目がえげつなくなる。

「ああっ、見てっ！　もっと見てっ！」

佐代は興奮のままに叫んだ。

「オッ、オマンコ見てっ！　佐代のオマンコ、もっとよく見てえええーっ！」

卑語まで口にしてしまったのは、結合部に熱い視線を感じたからだ。見られていることが、異常に気持ちよかった。恥ずかしさの向こう側に突き抜けた、という実感があった。

そうであるなら、自分にご褒美をあげなければならないだろう。絶頂をむさぼるのはもう少し先でいいと思っていたが、とりあえず一回イッておくことにする。

「ああっ、いいっ！　気持ちいいっ！」

パチーンッ、パチーンッ、と豊満な尻を鳴らして、股間の上下運動を続ける。割れ目で男根をしゃぶりあげつつ、野崎の両手をつかんで胸に導く。タプタプと揺れはずんでいる巨乳をつかませ、仕事をしろと手の甲を叩く。女性上位だからといって、この男はいつまでマグロを決めこんでいるつもりだろう？

「揉んでっ！　揉んでちょうだいっ！」

野崎は真っ赤な顔でうなずくと、双乳を両手で揉みはじめた。汗ばんだ乳肉にぐいぐいと指を食いこませ、さらに乳首をきつくひねりあげてくる。

「はっ、はいっ！」

「はっ、はぁうううううーっ！」

佐代は喉を突きだして声をあげた。両手を後ろにまわして野崎の太腿をつかみ、上体をのけぞらせる格好になりたかった。だが、そうなると彼の両手が乳首から離れてしまうので、上体を起こしていられるよう必死にバランスを保つ。

いまの乳首をひねりあげられる刺激は最高だった。稚拙さゆえに力を込めすぎているのだろうが、いまの佐代にはそれくらいでちょうどいい。乳首を強くひねられると、下腹の奥がジンジン疼く。

お返しとばかりに、佐代は野崎の乳首をいじりはじめた。断っておくが、こちらの愛撫は稚拙ではない。爪を使ってコチョコチョとくすぐってやると、野崎はあわあわと悶えた。乳首を刺激されることに慣れていないようだったが、男の乳首も立派な性感帯だ。

　コチョコチョ、コチョコチョ、とくすぐってやると、野崎は悶絶しながら佐代の乳首を指の間で押しつぶしてくる。巨乳はバウンドが大きいから、つままれているだけで涙が出るほど心地いい。淫らな乳繰りあいが、オルガスムスを引き寄せていく。パチーンッ、パチーンッ、と尻を鳴らす音が熱を帯び、肉穴が締まっていく。

「イッ、イクッ！　もうイッちゃうっ！　イクイクイクイクッ……はぁあああああああーっ！」

　ビクンッ、ビクンッ、と腰を跳ねさせて、佐代はオルガスムスに駆けあがっていった。とはいえ、思ったよりも衝撃は大きくなかった。一年ぶりのセックスでイクのだからさぞやすさまじい爆発力だろうと思っていたのに、拍子抜けしそうなほど軽かった。こんな絶頂では、この一年溜めこんだ欲求不満をとても晴らせそうにない。

　だが、べつに問題はなかった。

　野崎の男根は限界まで硬くなったままだし、女の絶頂は右肩上がり――イケばイクほど快感は深くなり、濃密になっていくものだからである。

## 5

軽いオルガスムスとはいえ、イキきるとそれなりに満足感があった。しかし、それ以上に飢餓感のほうが大きかった。お腹が空《す》いているときにちょっと駄菓子をつまんでしまい、よけいにお腹が減ってしまうのと一緒だ。

「大丈夫よ……」

佐代は野崎の顔に手を伸ばし、手のひらで頬を包んだ。野崎が不安げな顔をしていたからである。佐代がイッてしまったので、これで終わりになったらどうしようという——彼はまだ射精していない。

「んんんっ……」

佐代は上体を前に倒し、野崎に覆い被せていった。両脚はM字にひろげたままだった。その格好が女郎蜘蛛《じょろうぐも》を彷彿とさせることから、スパイダー騎乗位と名づけられたらしい。再び腰を動かしはじめれば、男から精を吸いとろうとする女郎蜘蛛そのものになる。

「あああっ……」

パチーンッ、パチーンッ、と尻を鳴らして、佐代は股間を上下させた。まだかなりのスローピッチなのは、愛撫をするためだ。野崎にキスをすると、口内が唾液まみれだった。興奮の証拠だと思うと嬉しくて、じゅるっと音をたてて啜ってしまう。自分の唾液と混ぜてツツーッと垂らせば、野崎が口を開けてそれを受けとめる。

「ぅんんっ……ぅんああっ……」

舌と舌をからませる濃厚なキスを続けつつも、両手を遊ばせておくことはできない。再び爪を使って乳首をくすぐってやると、野崎は身をよじった。次第に乳首への刺激にも慣れてきたようだった。

ならば、ともう片方の乳首を舐めてやる。小さな突起をねろねろと舐め転がしてはチューッと吸いあげ、甘嚙みまでして責めたてる。

「おおおっ……すごいっ……すごすぎますよ、佐代さんっ！」

野崎はさながら、蜘蛛の巣にかかった蝶々だった。手も足も出ない状態で、上下の性感帯を刺激されている。そろそろ頃合いだろうと、佐代は腰を動かすピッチをあげた。パチンッ、パチンッ、パチンッ、パチンッ、と小気味よい音をたてては、股間をしゃくるような動きにギアチェンジする。股間の上下運動と前後運動を交互に繰りだし、野崎を追いつめていく。

「さっ、佐代さんっ！　佐代さんっ！」

野崎がすがるような眼を向けてくる。

「ダッ、ダメですっ！　そんなにしたら出ちゃうっ！　出ちゃいますっ！」

「出ちゃいそうなの？」

佐代はいったん、腰を動かすピッチを落とした。

「佐代さんとのセックス、気持ちよすぎてっ……もうっ……」

「我慢して」

佐代は冷たい眼つきで野崎を見た。

「わたし、あと三回はイケるから。せめてもう一回イクまでは……女がこんなにサービスしてるんだから、男だったら我慢しなさいっ！」

「ううう……」

紅潮しきった野崎の顔に、絶望感がひろがっていく。

「そのかわり、我慢したらご褒美あげる。わたし、ミレーナ入ってるの」

「はっ？」

「避妊リングよ。中で出しても妊娠しないの」

子育ては想像を絶するほど労力がかかるので、パティシエの仕事に打ちこみたい佐代は、ふたり目を望んでいなかった。

「なっ、中で出してもいいんですか？」

野崎の顔がにわかに輝いた。

「我慢できたらね」

「できなかったら……」

「自分でしごいて膣外射精……ふふっ、天国と地獄じゃない？」

「ううう……」

野崎は眼を見開いて歯を食いしばった。是が非でも中出しを決めたい――断固たる決意が伝わってくる。

「頑張って……」

佐代は甘い声でささやくと、チュッと音をたててキスをした。恋人たちが親愛の情を示すような甘いキスだったが、野崎には決戦のゴングに聞こえただろう。

「あああああっ……」

佐代は上体を起こし、両手を後ろにまわした。野崎が両膝を立てていたので、それをつかんでのけぞる格好になる。結合部を出張らせるような、いやらしすぎる格好だ。そうなると感じる乳首への刺激はなくなってしまうが、佐代には作戦があった。

(見た目もいやらしくなっちゃったし、野崎さん、わたしがイクまで我慢できそうにないなあ……)

自分勝手に相手に期待を寄せ、裏切られたと泣くような女が佐代は大嫌いだった。野崎に期待できないなら、自分の力でなんとかするまでである。

「ああぁっ……はぁあああっ……はぁあああっ……」

　上体をのけぞらせていると、腰を激しく振りたてられない。もちろん、野崎に乳首をいじってもらうこともできない。それでも、この体位には大きな利点がある。佐代は右手を結合部に伸ばしていった。

「あううっ！」

　中指がクリトリスに届くと、電流じみた快感が五体の内側を走り抜けていった。佐代はすかさず中指をひらひらと動かした。セックス中にオナニーするなんて、しかも結合部が丸見えの格好となれば、恥知らずの誹《そし》りを受けてもしかたがない。

　佐代自身、恥ずかしくてしようがなかったが、このやり方ならすぐに絶頂に達することができる。野崎がどれほど我慢してくれるかにもよるが、一回ではなく二、三回イケるかも……。

「あううぅーっ！　はぁうううぅーっ！」

　獣《けもの》じみた声をあげて、佐代はよがりによがった。クリトリスがびっくりするほど敏感になっているのは、軽いとはいえ先ほど一度イッたからだろう。中指を高速ワイパーのように左右に揺らして刺激すれば、巨乳がタプタプと揺れはずんだ。中指と人差し指で肉芽を挟むと、左右の太腿がぶるぶると震えた。あっという間に、オルガスムスが迫ってくる。

「ああっ、いいっ！　気持ちいいっ！」

そうなれば、もはや恥ずかしささえ快楽のスパイスだった。旅の恥はかき捨てとはいえ、ここまで恥をさらす女も滅多にいないだろう。いまは興奮している野崎だが、冷静になったときに淫乱と蔑《さげす》まされるかもしれない。それでもいい。喉から手が出そうなほど絶頂が欲しい。イキたくてイキたくて、いてもたってもいられない……。

だが、絶頂が目前まで迫ったときだった。

ガラガラガラ──。

扉を開く物音がした。露天風呂に続く扉である。

「えっ……」

「嘘でしょ……」

男女の声が聞こえた。田中と香緒里だった。先ほどのぞいたときはお互い全裸だったのに、どちらもバスタオルで胸や股間を隠している。いや、そんなことより、ふたりの表情が驚愕から軽蔑に変わり、眉をひそめてこちらを見ている。

「いっ、いやあああああーっ！」

佐代は喉が裂けそうな勢いで悲鳴をあげた。それでも、クリトリスから指を離せない自分が情けなかった。

(だってもうちょっとなんだもん……十秒？　ううん、五秒もあれば……どうせもう見られちゃったんだもん。いまさら取り繕《つくろ》っても……）

ねちねち、ねちねち、と敏感な肉芽をいじりまわしながら、腰をまわした。激しくは動けなくても、限界まで硬くなった男根がしっかりと根元まで入ってる。内側の感じるポイントにそれをこすりつけてやれば、恥丘を挟んで内側からと外側から、たまらない刺激が襲いかかってくる。

「ああっ、ダメッ！　もうダメッ！」

高校時代からの親友にこれ以上ない醜態をさらしながら、ちぎれんばかりに首を振った。その勢いでバレッタがはずれ、長い黒髪がざんばらに乱れていく。類い稀な巨乳をユッサユッサと揺れはずませ、あられもないガニ股に開いた両脚を激しいまでにガクガクさせる。

「もっ、もうイクッ！　イッちゃうっ！　イクイクイクイクイクッ……はっ、はぁおおおおおおおおーっ！」

ビクンッ、ビクンッ、と腰を跳ねあげて、佐代はオルガスムスに達した。今度の爆発はすごかった。五体の肉という肉がいっせいに痙攣し、男根を咥えこんでいる肉穴がぎゅうっと締まった。眼もくらむような快感に翻弄され、閉じることのできなくなった口から涎《よだれ》が垂れていく。もはや醜態をさらしている自覚もなく、ただ快楽の海に溺れ、女に生まれてきた悦びを嚙みしめるだけだった。

# 第四章　年下男の指使い

## 1

仲村知香は夜の温泉街を歩いている。

（なんなのよ、もう……）

綾子も香緒里も佐代も、あんまりだった。素敵な人たちと知りあえたと思っていたのに、セラピストに口説かれただの、マッチングアプリだの、意識高い系が聞いて呆れる。

もちろん、セックスレスに悩んでいる気持ちはわからないではない。

実のところ、知香もその恐怖に怯えている。いまのところまだ夫婦の営みは途絶えていないが、出産後はめっきり完全燃焼することがなくなり、むしろ不満が募るようなことが多いので、このままでは彼女たちと同じ轍《てつ》を踏みそうだ。

知香の夫はひとまわり年上で、スポーツ用品店の店長をしている。

面食いの自覚がある知香だから、夫も出会ったころはそれなりにイケている大人の男だった。しかし、結婚してからはぶくぶく太りはじめ、と同時に格好をつけることがなくなった。恋人時代のアニバーサリーは、お互いにドレスアップして洒落たレストランにエスコートしてくれたのに、いまではウーバーイーツを部屋着のジャージで食べる。小さな子供がいるのだからしかたがないと言えばしかたがないが、ふたりとも実家が都内なので預けられないこともないのに……。

そのうえ、最近の夫からは、モラハラの気配すら漂ってくるからうんざりだ。「いつまでお姫さま気取りなんだよ」の捨て台詞にはショックを受けた。女がお姫さま扱いを求めるのは当然で、結婚すれば夫以外に求める相手はいないではないか。なにも豪華客船で世界一周の旅に連れていけと言っているわけではなく、日々の扱いにわずかなやさしさを求めているだけなのに……。

独身時代、知香は銀座の百貨店の受付嬢だった。はっきり言ってかなりモテた。勤めはじめた十八歳から寿退社した二十三歳までの五年間で、告白してきた男の数はゆうに三十人を超える。ワンチャン狙いで口説いてきた男の数を含めると、百人を超えるかもしれない。

その中からいまの夫を選んだのに、最近では知香を抱けるありがたみもまったく感じていない。恋人時代は下着姿を見せただけで鼻息を荒らげむしゃぶりついてきたのに、いまはもう「おまえも脱げよ」「入れるよ」「出すよ」で終わりだ。お腹の上に膣外射精された精子をティッシュで拭っていると、マンネリという言葉が脳裏をよぎってしようがない。

（子供を産んだら女じゃなくて、ただの母親ってことなのかなあ……）

温泉街ですれ違う楽しそうなカップルたちの姿がまぶしく、知香は渓流のほうに坂を下っていった。外灯が少なくなり、夜闇が深まったので少し怖かったが、ポロンポロン、とどこからかギターの音色が聞こえてきた。

（なんだろう？）

耳をすますと、知っている曲だった。『みかん色の空』――高校時代によく聞いていたせつないラブソングだ。

ギターの音色に誘われるように歩いていると、弾いている人が見つかった。外灯の下に立っていたので、ステージでスポットライトを浴びているようだったが、目の前は暗い渓流である。観客はひとりもいない。

（なんか……すごいイケメンなんですけど……）

眉根を寄せて眼をつぶり、ギターを弾いている横顔が格好よかった。面長で鼻が高く、ハーフのように彫りの深い顔立ちをしている。まだ二十歳《はたち》くらいだろうか？　知香よりずっと若いようだ。

背が高くスマートで、なによりギターを弾いている筋張った手がセクシーだった。知香は音楽に詳しくないが、かなり上手な気がする。どんなことであれ、特殊な才能をもった男は、年下でも大人っぽく見えるものだ。

大人っぽく見えたのは、横顔が愁いを帯びているせいかもしれない。『みかん色の空』がせつないラブソングであることを差し引いても、彼の心の深いところには拭い去れない悲しみを抱えているような気がした。

『みかん色の空』の演奏が終わると、知香は拍手を送った。人懐こい性格ではないし、コミュ力が高いほうでもなかったが、衝動的に手を叩いていた。

イケメンは知香に気づき、

「あっ……」

と言いながらこちらを見た。眼を開けて正面を向くと、横顔よりも格好よかった。

「ギター、上手ですね？」

知香は笑顔で話しかけた。

「いまの曲、『みかん色の空』でしょ？」

「ええ」

「わたし、すごい好きだったんですよ。高校時代……あっ、歳がバレちゃうかな」

「いい曲ですよね」

イケメンは噛みしめるように言った。

「俺のギターなんて下手の横好きですけど、この曲だけはいい感じで弾けるんです。まあ、好きだからでしょうけど……」

眼が合うと、お互いに笑った。この人とは波長が合いそう——知香はそう思い、もう少し話がしたくなった。


イケメンは永瀬孝一《ながせこういち》という名前だった。

年はやはり二十歳。知香は出身地を訊ねたが、言葉を濁された。

「これ、よかったら飲みます？」

永瀬がリュックから出して渡してきたのはカップ酒だった。

「ありがとう、いただくね」

二十歳のくせに日本酒とは渋い趣味だが、知香にとってはありがたかった。渓流沿いの夜風は冷たく、浴衣一枚で宿から飛びだしてきたのでちょっと寒かったからだ。お酒を飲めば、少しは体が温まるだろう。

それに、酔いは人の口を軽くする。

「知香さんは結婚してるんですか？」

「えっ？　ううん、まだだけど……」

見栄を張ってしまった。両手をさりげなくこすりあわせ、左手の薬指に嵌まった指輪をはずす。

「でも、恋をしたことくらいはあるでしょう？」

「そりゃあるわよ。馬鹿にしないで」

こう見えて百貨店の受付嬢時代はモテモテだったんだからね、と言いたかったが黙っていた。永瀬の顔に沈鬱な翳りが見えたからだ。

「実は俺、この前まで一世一代の恋をしてたんですよね……」

知香は内心で身を乗りだした。イケメンの恋バナに興味がない女はいない。

永瀬はカップ酒をちびちび飲みながら、問わず語りに話を始めた。

「高校のときの担任で、俺よりひとまわり上でした……」

知香はますます話に食いついた。二十歳の彼よりひとまわり上ということは、知香より五つも上ではないか。しかも相手は教師、道ならぬ恋の匂いがする。

「誓って言いますが、高校時代は手を繋いだことすらありませんでした。二年のときに告白はしましたが、教師と生徒が付き合うなんて絶対にダメだって……でも本当は、先生も俺のことが好きだったんです。そういうのって、言葉にされなくてもわかるもんじゃないですか？　だから学校で顔を合わせるとドキドキで……いや、悶々かな。

気さくな感じの先生だったから、他のクラスメイトはよく話しかけてましたけど、俺は雑談なんてできなかった……それで、卒業式の日に結ばれて……そこからはもう、一直線ですよね。毎日のようにLINEして、週に一度はデート……俺は大学生だったんですけど、まわりの若い女の子なんて眼にも入らなかった。大学を卒業したら結婚するつもりでしたし、先生も約束してくれました。『わたしみたいなおばさんでいいの？』なんて言ってましたけど、僕にはもう、先生しか見えなかった……」

永瀬は苦りきった顔になると、カップ酒を飲み干し、二本目をリュックから出した。知香にも渡してくれたが、話に夢中になっていたので、まだ一本目が半分以上残っていた。

「俺は幸せでした。この世に生まれてきて本当によかったって思いましたから……でも、幸せっていうのは長くは続かないものなんですね。俺たちを待ちうけていた運命は残酷だった。先生の体は末期癌《がん》に冒されていたんです。発見されたときはもう医者が手をつけられない状態で、余命一カ月……余命宣告された話を聞いてから先生が亡くなるまでのことを、俺はほとんど覚えてません。大学を休校して、一秒でも長く先生といられるようにしましたけど、いま思えば本当にあっという間、一瞬の出来事みたいでした……先生が病室で息をひきとると、俺は憔悴しきって倒れてしまい、まるで先生と入れ替わるように入院しました。おかげで、先生のお通夜にもお葬式にも出られなかった。二週間の入院って言われたんですけど、五日目に病院を抜けだして先生の実家に行くと、先生はもう、小さな白い骨になってました……」

知香にはかける言葉がなかった。若くして亡くなった彼女も気の毒だが、二十歳の若さで愛する者があの世に旅立ってしまった永瀬のことを思うと目頭が熱くなりそうになり、献杯とばかりにカップ酒を呷《あお》る。

「俺、ちょっと臭うでしょ？」

永瀬はシャツの襟を引っぱりながら、茶目っ気たっぷりに笑った。

「あんまり風呂に入ってないんですよ。先生が亡くなってから三カ月経ちますけど、ずっと野宿してるから……」

「野宿？　どうして？」

「骨になった先生を見た俺は、とても大学に戻る気にはなれなくて、旅に出ることにしたんです。両親も俺の気持ちをわかってくれて、けっこうなお金を渡してくれたんですけど、俺はホテルのふかふかのベッドで寝る気にはなれなかった。先生は死んでしまったのに、俺だけ贅沢なんてできないですよ……」

「それで野宿を……」

「ええ。土砂降りの雨がひと晩中続いたり、野犬や蛇に襲われそうになったり、きついことも多いんですけど、きつければきついほど先生の近くにいられる気がして」

「そう……」

知香はもう、涙をこらえることができなかった。眼尻に滲んだ涙を浴衣の袖《そで》で拭い、二本目のカップ酒を飲みはじめた。

## 2

知香は永瀬を連れて宿に戻った。

何日も風呂に入っていないという彼を、温泉に入れさせるためである。

宿泊者ではない者に貸切風呂を使用させるのはルール違反だが、フロントを通らずに入っていけばなんとかなるだろう。

野宿をしながら旅をしているという永瀬は、大きなリュックを背負い、ハードケースに入ったギターを持っていた。けっこうな荷物である。

「ちょっと待ってね……」

裏口から中に入った知香は、コソ泥よろしく視線を左右に振って人影がないことを確認した。人影どころか、宿の廊下はしんと静まり返っていた。

時刻は午後九時過ぎ、宿泊客はそれぞれの部屋で宴もたけなわか、温泉街の居酒屋やスナックに繰りだしている時間である。そもそもそれほど混んでいる宿ではなかったので、誰にも見られず貸切風呂に入ることができそうだ。

「靴を持って入ってきて……」

裏口から永瀬を招き入れると、知香が先導して廊下を歩き、貸切風呂の扉を開けた。永瀬を先に中にうながし、扉にかかった札を「空いてます」から「入ってます」にひっくり返す。知香も中に入って扉を閉めると、すかさず鍵をかけて安堵に胸を撫で下ろす。

永瀬が不思議そうな顔でこちらを見ているので、

「あっ、わたしは入らないわよ……」

知香はあわてて言い訳した。

「でも、廊下にひとりで立ってたら、立たされてる子供みたいでみじめじゃない？ここで待ってるから早く入って。こっち向いてるから……」

知香が壁と向きあうと、後ろから服を脱ぐ衣擦《きぬず》れ音が聞こえてきた。それより大きく、ドクンッ、ドクンッ、と心臓が高鳴っている。

（永瀬くん、いま裸になってるのよね……）

想像すると胸の高鳴りは大きくなっていく一方で、口の中に生唾まであふれてきた。人間、見かけではなく中身だと頭ではわかっていても、知香はイケメンに弱いのだ。百貨店の受付嬢をしていたときも、有名企業の名刺を持っているブサイクより、宅配業者のイケメンに惹かれた。見た目のいい男の誘いならすぐについていくほど軽い女ではないつもりだが、イケメンのうえにやさしくて気前もよくて会話も楽しければ、それに越したことはないではないか。

ガラガラと引き戸を開け閉めする音がしたので、知香は何度か深呼吸をしてから振り返った。この貸切風呂の扉は木製だから、脱衣所から浴室の中は見えない。ちなみに中は檜《ひのき》の床に檜の壁に檜の湯船で、とてもいい香りがする。

（どうしよう……）

静まり返った廊下に立っているのもみじめだが、脱衣所も脱衣所で暇を潰すのが難しいところだった。長居されては困るからだろう、椅子ひとつないから腰をおろすことさえできない。テレビもないし、充電が切れそうだからスマホをいじることもできず、浴室からお湯を流す音が扉越しに聞こえてくるだけである。

（急かすのも悪いしなあ……）

野宿を続けて久しぶりの風呂、それも温泉となれば、のんびり浸かりたいだろう。知香としては、永瀬が風呂からあがったら近くの居酒屋に連れていき、ビールでもご馳走してやるつもりだった。セックスのことばかり考えている女三人と一緒にいるより、イケメンの悲しい恋の物語を聞いていたほうが、よほど充実した時を過ごせそうである。

（亡くなった恋人のことをあれこれしゃべらせるのも酷だけど、やっぱり聞きたいわよねえ。女教師と生徒のロマンス……）

知香も中高生時代、カッコいい教師に憧れたことがある。だが二十七歳になったいまは、女教師と男子生徒という組み合わせのほうがずっと興奮する。

永瀬は真面目な男だから、おそらく童貞だったはずだ。一方の女教師はひとまわり上と言っていたから、非処女の可能性がかなり高い。

となると、なにも知らない少年永瀬に、女教師が手取り足取り教えたのだ。女を悦《よろこ》ばせる奥義を伝授し、興奮しきった彼のものを自分の中に……。

（ああっ、ダメダメッ……）

知香はひとり顔を赤らめ、激しく首を横に振った。女教師の容姿を知らないので、嬉し恥ずかしの夜を妄想すると、自分が相手役を演じてしまう。両脚を大きくひろげ、いやらしいほど潤みきった女の花園に、永瀬を導く役を……。

（永瀬くん、オチンチン大きそうだよね、鼻もあんなに高かったし……）

顔のよさとペニスのサイズに相関関係がないことくらい、知香にだってわかっていた。しかし、どう考えても永瀬のペニスが小さいはずがない。あんなにカッコいいのに、勃起しても小指の先ということはないはず……。

知香はにわかに落ち着かなくなり、檻《おり》に入れられた野生動物のように、脱衣場の中をぐるぐる歩きまわった。

永瀬の裸が気になってしかたがなかった。そんなことを気にしてもしようがないのだが、彼はいま、扉を一枚隔てた向こうで全裸になっているのだ。

知香だって、たとえば一緒にお酒を飲んでいるような状況で、相手の男のペニスのサイズが気になったりはしない。だが、いまは異常に気になる。のぞこうと思えば、のぞけるからである。

（そんなことしたら、人間失格よね……）

悪いとわかっていても、知香は抜き足差し足で扉に近づいていった。なにも至近距離からガン見したいわけではない。チラッとのぞくだけでいいのだ。

扉を開けた。

ほんの一センチか二センチだ。

永瀬は洗い場から湯船に移動するところだった。扉の隙間からのぞいている知香の視界は極端に狭く、横から永瀬がフレームインしてくる。

（ええっ！　うっ、嘘っ！）

知香は自分の口を両手で押さえた。叫び声をこらえられたのが奇跡に思えたほど、びっくりしてしまった。

永瀬が勃起していたからだ。まだ二十歳だからだろう、サイズはそこそこ大きくても、生《なま》っ白《ちろ》い色をしていた。それでも屹立の角度や反り返り具合には若さが宿り、いまにも臍《へそ》に張りつきそうである。

(どうして？　どうしてお風呂で勃っちゃってるの？)

知香はその答えを、永瀬の愁いを帯びた横顔に求めた。激しく勃起しながらも、永瀬はひどく物憂《ものう》げで、勃起しきった自分のイチモツをしげしげと眺めて深い溜息さえついている。

永瀬がフレームアウトしていき、お湯に浸かるちゃぽんという音が聞こえた。知香は物音をたてないように注意して、扉を閉めた。

これは完全に想像だが——野宿を繰り返して風呂もろくに入っていない彼は、射精もしていないのではないだろうか？　恋人を失った悲しみを癒やすための旅をしていて、風俗を利用する馬鹿はいないだろうし、真面目な永瀬なら亡くなった女教師に操を立て、オナニーさえも我慢しているかもしれない。

睾丸に精液がたっぷり溜まった状態で陰部を洗えば、本人にそんな気がなくても、刺激を受けて勃ってしまうこともあるだろう。

痛いくらいに勃起しているのに、射精ができないのはつらい。だが、亡くなった先生を思えば、自分だけ気持ちよくなるのは申し訳ない——永瀬がイチモツを眺めながら深い溜息をついたのは、そういうことなのではないだろうか？

（永瀬くん、可哀相っ……可哀相すぎて、わたしまで泣けてきちゃいそう……）

男が性的な衝動を我慢するのは、女には想像がつかないほどの苦行だという。獣としての本能だから、理性では制御できない。

3

「お邪魔しまーす」

扉を開けながら小さく声をかけて、知香は浴室に入っていった。ぷん、と檜のいい香りが鼻先をくすぐったが、そんなことはどうでもよかった。

「えっ……」

お湯に浸かっていた永瀬がこちらを見て、驚愕に眼を見開く。

「なっ、なにしてるんですか？　知香さんっ……」

知香は浴衣を脱いでいた。脱衣所に備えつけてあった小さなタオル一枚で乳房と股間を隠し、いそいそと浴槽に近づいていく。さっとかけ湯をして、爪先からお湯に浸かっていく。

「入っちゃった」

鼻に皺《しわ》を寄せて悪戯《いたずら》っぽく笑いかける。

「袖振りあうも多生の縁っていうし、いいでしょ、お風呂くらい一緒に入っても。脱衣所でひとりでいるの、なんかすごく退屈で……」

「おっ、俺はべつにいいですけどっ……」

永瀬は完全に動揺していた。ハーフのように彫りの深い顔がきつくこわばりきり、にわかに赤くなってくる。

おそらく、普段の彼なら、ここまで動揺することはなかっただろう。年上の女が勝手に混浴してきたくらいで取り乱さないのが、イケメンの余裕というものだ。

しかし、いまの状況は違う。彼は痛いくらいに勃起している。男の精を睾丸がパンパンになるほど溜めこんでいる。

彼のタオルは湯船の縁に置いてあるから、股間が丸見えだった。永瀬は体を傾けて必死に隠そうとしているが、そんなことをしても無駄である。知香は永瀬の顔と股間を交互に見て、ニヤニヤと笑いかける。

「そんなの生理現象でしょ。恥ずかしがることないのよ。わたしだって子供じゃないんだし」

「はあ……」

彫りの深い顔を気まずげに歪めている永瀬と、しばらくの間、肩を並べてお湯に浸かった。

「いいお湯……」

手のひらですくって眺めている知香に、

「見た目と違って大胆なんですね……」

永瀬は蚊の鳴くような声で言った。

「わたしの見た目、どんなふうに見える？」

「えっ？　年上なのに可愛い人だなって……」

「えっ？　ええっ？」

知香は眼を輝かせた。昨今では男が女に「可愛い」と言うと、セクハラ・モラハラに受けとられることがあるらしい。馬鹿じゃないか、と思う。少なくとも知香は「可愛い」と言われるのが大好きだ。美容院に行くのも、メイクの腕を磨くのも、服の選び方だって、すべては男に「可愛い」と言われるために頑張っている。

「さっき結婚してないって言ってましたけど……」

永瀬は眼のやり場に困りながら口を開いた。

「彼氏とかもいないんですか？　すごいモテそうですよね？」

結婚していないというのは嘘なので、知香の胸はチクリと痛んだ。だが、そんなことより年下のイケメンが繰りだす褒め言葉に舞いあがってしまう。「可愛い」に続いて「モテそう」とまで言われ、嬉しくてしょうがない。

「彼氏なんかいないもん。そんなにモテません……」

なにをブリッ子してるんだか、ともうひとりの自分が冷ややかに笑う。

「ホントですか？　プロポーズの花束を持ってる男が、知香さんの前に行列つくってそうですよ」

「そんなぁ……永瀬くん、褒めるの上手いね。わたしなんか褒めても、なんにも出ないのに……」

知香は体の前を隠しているタオルを取った。乳房はそれほど大きくなく、くびれも目立たず、お尻だけが大きいスタイルは、昔からコンプレックスだった。しかし、禁欲生活を続けている永瀬になら、充分に扇情的なはずである。モデル系ではないし、過剰に色っぽくもないし、もちろん巨乳でもないけれど、極端にブサイクな体型ではないからだ。

「ちょっ！　まっ！　なにやってるんですか？」

隣の女が突然全裸になり、永瀬は困惑しきりだ。

「あのね……」

知香は腰を浮かして永瀬ににじり寄り、二の腕と二の腕を密着させた。ドクンッ、ドクンッ、と高鳴っている心臓の音が聞こえてしまわないか心配になる。

「オチンチン洗ってるだけで勃っちゃうくらい溜まってるなら、わたしが慰めてあげてもいいよ。あっ、べつにね、わたしはセックスレスで欲求不満になってる人妻なんかじゃ全然ないんだけど、永瀬くんの話に感動して……先生との恋バナに胸が熱くなっちゃったから……」

「そっ、そう言われても……」

永瀬は困りきっている。女教師との純愛を経験している彼にとって、見知らぬ女とのワンナイトスタンドなんて、ふしだらなことに思えるかもしれない。だが、人生には時にふしだらなことも必要なのだ。清く正しく美しく生きていたばかりに、犯してしまう罪もある。

性欲は獣としての本能だから、理性では制御できない。どこかでその衝動が爆発してしまい、そのとき目の前にいたのが同意なき女だとしたら、刑事事件になってしまう。そんなことになるくらいなら、同意のサインをあからさまに出している自分を抱いたほうがいい。亡くなった先生だと思って……。

そう、これはある意味、人助けなのだ。

決して自分が欲しがっているわけではない。永瀬の将来のために我が身を投げだす、自己犠牲にも似た尊い行為に決まっている。

「ねえっ……」

息のかかる距離まで、顔と顔を近づけた。永瀬の高い鼻の頭には、汗の粒が浮かんでいた。知香の鼻の頭もきっとそうだろう。

「うんんっ……」

唇と唇が重なった。やはりイケメンは最高だ——知香はうっとりした。綺麗な顔を間近で見ながら交わすキスは五割増しに甘美であり、みずから舌を差しだしたり、永瀬の舌をしゃぶりまわしたり、どんどん大胆になっていく。

もちろん……。

年上の女教師役を引き受けたからには、いつまでもキスだけでうっとりしているわけにはいかなかった。右手を伸ばし、お湯の中で勃起しきったペニスにそっと指をからませていく。

「むむっ！」

永瀬が眼を白黒させる。軽く触れただけなのにちょっと大げさな反応だったが、彼は禁欲生活で男の精を溜めこんでいるのだ。それに、そもそも二十歳の若さであれば、精力がみなぎっていて当然。

「そこに座って……」

湯船の縁に腰をかけるよう、知香はうながした。永瀬に両脚を開かせ、その間に陣取れば、フェラチオの準備はばっちり整う。

はっきり言って、知香はフェラが苦手だった。十代のころに付き合った男にそればかり求められすぎて、うんざりしてしまったのだ。だから、夫婦生活ではいつもおざなりにやっているが、今日は違う。夜空に輝く星になった永瀬の恋人を演じているのだから、いつもの自分と同じわけがない。

（ひとまわり年上って言ってたから、永瀬くんが十八歳のとき三十歳……彼のこと、可愛くてしようがなかったでしょうね……彼の顔も、体も、オチンチンも……）

根元をそっと握りしめ、まずは、スモモのような形をした亀頭から舐めはじめる。ねねろり、ねろり、と舌を這わせては、裏筋をチロチロと舌先でくすぐる。そうしつつ、右手ではペニスの根元をしごきたて、左手では乳首をいじってやる。

「むむっ……むむむっ……」

永瀬は首に筋を浮かべて興奮していた。彼の童貞を奪った女教師も、三十歳ならこれくらいの波状攻撃はしたはずである。いや、永瀬を愛し、永瀬に愛された女なら、もっと大胆なことも……。

「うんああっ……」

唇を大きくひろげ、亀頭をぱっくりと頬張っていく。生っ白い見た目のせいか、それほど大きいサイズだと思わなかったのに、口に含むと意外なほど存在感があった。これで貫かれたらさぞや気持ちがいいことだろうと一瞬思ったが、それにはまだ早すぎる。

相手はペニスを洗っただけで勃起してしまうほど溜まっているのだ。まずはフェラで一回射精に導こうと心に決め、顔を真っ赤にして身悶えている永瀬を上眼遣いでチラチラ見る。

(子持ちの人妻の実力を見せてあげるから……)

苦手なフェラでも、知らず知らずのうちに夢中になっているからイケメンは恐ろしい。「うんっ！　ぅんっ！」と鼻息をはずませて先端をしゃぶりあげれば、呼応するように口内に唾液があふれてきた。それごと亀頭を吸いしゃぶれば、じゅるるっ、じゅるるっ、といやらしすぎる音がたつ。

「きっ、気持ちいいっ！　気持ちよすぎますっ、知香さんっ！」

永瀬は絞りだすような声で言い、地団駄を踏むように両脚を動かす。知香の口内にある男根は硬くみなぎっていくばかりで、ズキズキと熱い脈動を刻んでいる。

「ダッ、ダメですよっ！　出ちゃいますっ！　そんなにしたら出ちゃいますううううーっ！」

知香は亀頭をしゃぶりまわしながら、上眼遣いで永瀬を見た。永瀬もすがるような眼つきでこちらを見る。視線と視線がぶつかりあうと、知香は小さくうなずいた。言葉にせずとも、合図は伝わったはずだった。

——出してもいいよ。

「ぬっ、ぬおおおおおーっ！　ぬおおおおおーっ！」

永瀬を野太い声を浴室中に響かせると、射精に達した。ドクンッ、とペニスが跳ねた瞬間、知香は先端の鈴口を吸った。容赦ないバキュームフェラで男の精を吸いとりにかかった。

ドクンッ、ドクンッ、ドクンッ、という衝撃がいつもより速く、たたみかけるように訪れるのだろう。

「おおおおーっ！　おおおおおおーっ！」

永瀬は知香の頭を両手でつかむと、ザブンとお湯を揺らして立ちあがった。座ったままではいられないくらい、強烈な快感に襲われているようだった。

ガクガクッ、ガクガクッ、と両脚を震わせながら射精している永瀬のペニスをなおもしつこくしゃぶりまわし、吐きだされた男の精を嚥下《えんげ》しながら、知香の胸にはなんとも言えない満足感がひろがっていった。

フェラが苦手でも、セックスレスの危機が目前に迫っていても、二十七歳の人妻なら、これくらいのことはできるのである。

# 4

「暑い……」

知香は立ちあがり、両手で首筋を扇《あお》いだ。永瀬は湯船の縁に座り、膝から下だけお湯につけて口腔奉仕を受けていたが、彼の足元にしゃがみこんでいた知香は、胸のあたりまでお湯に浸かっていた。肌の色も相当赤くなっているし、いったんあがって脱衣所で涼まなくてはのぼせてしまいそうだ。

だが、湯船から出ようとすると、

「今度は僕の番です」

永瀬に手を取られ、脱衣所には行けなかった。

「ここに座ってください」

湯船の縁にうながされ、知香は腰をおろした。ちょうどポジションをチェンジした格好で、今度は永瀬が足元にしゃがみこむ。

「ねえ、ちょっと暑い……ちょっと脱衣所で休憩しない？　あああっ……」

知香のささやかな希望は叶えられなかった。永瀬が聞く耳をもたず、知香の両脚をひろげてきたからである。

（こっ、こんな格好っ……）

そむけた顔が熱くてしようがないのは、温泉だけのせいだけはなかった。両脚の間に潜む花を見られるのは、いくつになっても慣れることなく恥ずかしい。ましてや、ここは貸切風呂。さすがに蛍光灯ではなく暖色系の灯りがついているが、それでも間接照明の部屋などよりはずっと明るい。

「あああっ……」

割れ目を指でぐいっとひろげられた。そこまでするのはマナー違反のような気がするが、若い永瀬には好奇心もあるのだろう。彼はおそらく、童貞を捧げた女教師以外に女を知らない。

そうであるなら、奥の奥までのぞかれても、熱い視線を甘んじて受けとめるしかなかった。知香は亡くなった女教師に代わり、永瀬を慰める役割を買って出たのだ。

それに……。

（ああっ、見てっ！　もっと見てっ！）

相手がイケメンとなると、見られることにも快感があるから不思議だった。恥ずかしさが消えてなくなることはなくても、興奮がそれを上まわっていく。

（舐めてもいいのよ。舐めたりしゃぶったり舌を差しこんだり、好きにしていいんだからね……）

しかし、知香の予想ははずれた。二十歳の男子なら、問答無用で女の股間にむしゃぶりつき、ペロペロと舐めまわしてくると思っていたのに、永瀬はオーラルで愛撫してこなかった。

使ったのは指だ。

女の割れ目を閉じたり開いたり、開いたり閉じたり……と同時に、クリトリスの包皮を剝いては被せ、被せては剝き……。

（えっ？　ええっ？）

いきなり荒々しく舐めまわされることを予想していた知香は、拍子抜けしてしまった。肝心なところには触れてこないし、刺激も微弱だったからである。

しかし、永瀬の指はギター弾きの指だった。同じことの繰り返しがリズムになり、快楽の波を起こす。刺激そのものは微弱でも、一度リズムに乗ってしまうと、身をよじらずにはいられなくなる。

「あああああっ……はぁあああああっ……」

知香はあえぎ声をこらえきれなくなり、浮かせた腰をいやらしいほどくねらせた。必然的に、湯船の縁でM字開脚を披露する格好になってしまったが、羞《は》じらうことさえできなかった。

永瀬がリズムを変えてきたからだ。速くなったり遅くなったり……時に割れ目を開閉するリズムと、クリトリスの包皮を被せては剝くリズムを別々にしたり……。

「ああっ、いいっ！　気持ちいいっ！」

叫ばずにはいられなかった。永瀬も禁欲生活を送っていたかもしれないが、知香だって似たようなものなのだ。セックスレスの憂き目には遭っていないものの、このところ夫婦生活で完全燃焼したことがない。夫の誘い方が無神経だから、いつも不愉快な気分で始まる。そんなセックスで満足できるわけがない。

「すごい濡れてきましたよ」

永瀬が知香の顔と股間を交互に眺める。そういう台詞は普通、ニヤニヤしながら言うものだと思うが、永瀬は真剣な面持ちで、その瞳はどこまでも綺麗に澄んでいる。だからよけいに恥ずかしい。

ツツーッ、と唾液を垂らされた。割れ目の上端にある花びらの合わせ目、つまりクリトリスがあるところだ。永瀬は唾液を潤滑油にして、いよいよ剝き身に肉芽を刺激しはじめた。長い指をワイパーのように左右に振って、ツンツンに尖ったクリトリスを愛でてくる。

「はっ、はぁうううううううーっ！」

レベルの違う衝撃に、知香はのけぞった。後ろに倒れてしまいそうになり、あわてて両手を後ろに伸ばす。

（こっ、これってっ……この指の使い方って……）

知香が普段、オナニーでしている指使いにそっくりだった。もちろん、指の動かし方は何パターンもあるが、中指を左右に動かすのがいちばん気持ちいいから、イクときはたいていそれだ。

（なんで知ってるの？　わたしがオナニーしているところ見たことあるの？）

そんなはずはないから、これもひとつの体の相性なのだろう。しかも永瀬は、右手でクリトリスを愛撫しながら、左手の中指をずぶっと肉穴に挿入してきた。

「はっ、はぁうううううううーっ！」

知香は浮かせた腰をガクガクと揺らし、ちぎれんばかりに首を振った。長い指が的確にGスポットをとらえていた。ぐっ、ぐっ、ぐっ、と女の急所を押しあげながら、右手の中指をひらひらと躍らせて敏感な肉芽を刺激する。どちらの指もリズムに乗り、さながら楽器を奏でるように知香をよがらせる。

（わっ、若いのに上手すぎでしょ……）

ギター弾きの指であることだけでは、この超絶テクは説明がつかないような気がした。やはり、ひとまわり年上の恋人に、念入りに仕込まれたのだ。女教師だったというから、きっと教え方も上手かったのだろう。

（たっ、助けてっ……）

　知香はイッてしまいそうだった。三分くらいしか愛撫されていないことが悔しかった。いくらなんでも、三分でイクのは早すぎる。男に飢えている欲求不満な淫乱だと思われてしまうかもしれない。

　イケメンに軽蔑されるのはつらかった。こちらもフェラで射精に導いたので、おあいこだという考え方もあるだろうが、女がイクときのほうが声も大きく動きも醜態じみているし……。

　それでも、こみあげてくる絶頂への渇望感はどうすることもできず、もはやこれまでと諦めて、ぎゅっと眼をつぶった瞬間だった。

「……えっ？」

　唐突に愛撫がストップし、肉穴から指が抜かれた。知香はハアハアと肩で息をしながら、上眼遣いに永瀬を見た。もう少しでイキそうだから、愛撫を続けてほしいと言いたかった。イケメンに軽蔑されるのはつらいけど、イキたくてイキたくていても立ってもいられなかった。

「……っちゃいました」

　永瀬がささやくような声で言った。

「えっ、なに？」

　小声すぎて聞こえなかったので、知香が問い返すと、

「知香さんが欲しくなっちゃいました……」

永瀬はまっすぐにこちらを見て、言った。眼つきからも口調からも、真剣さとともにこみあげる欲情が伝わってきて、知香は蕩《とろ》けた。

## 5

檜の壁に、知香は両手をついた。少し脚を開いて尻を突きだせば、立ちバックの体勢が整う。

背後には永瀬がいて、切迫する呼吸音が聞こえていた。永瀬の顔が見たかったが、自分の顔を見られるのは恥ずかしいので、立ちバックはそれほど悪くなかった。床が板敷きでは、横になる体位は難しいし……。

「んんんっ……」

尻の双丘を撫でられ、知香はビクッとした。刺激に反応したわけではなく、いよいよ入れられるという展開に五体が緊張したのだ。

(わたし、こんな女じゃなかったのに……)

いくら相手がイケメンでも、よく知りもしない男と会った途端に体を重ねるなんて、普段の知香からは考えられないことだった。恋人を亡くして傷ついている永瀬を慰めてあげたい――言い訳はあるけれど、やっていることは誰とでも見境なく寝てしまうビッチと同じではないか？

自己嫌悪が胸で揺らいだが、そんなことを考えていられたのは束の間のことだった。勃起しきったペニスの先端が、濡れた花園にあてがわれた。その感触だけで、軽いエクスタシーに達しそうだった。

「いきます……」

永瀬は唸るように言うと、知香の中に入ってきた。ずぶっ、と切っ先が埋まると、そのまま一気に奥まで侵入してくる。

「くぅぅうっ……」

知香の顔は燃えるように熱くなった。これほど挿入がスムーズということは、濡らしすぎるほど濡らしているのだろう。イク寸前まで指技で翻弄されていたのだからそれも当然だが、恥ずかしくないわけではない。

ずんっ、と最奥を突きあげられると、

「あおっ！」

口から低い声が飛びだした。可愛くない声だったので、ますます顔が熱くなった。色は生っ白くても、永瀬のペニスはサイズもまあまあ大きいし、なにより若さを誇示するような硬さがあるので、結合感も強烈だった。

「あっ、熱いっ……熱いです、知香さんのオマンコッ……」

永瀬はうわごとのように言いながら、腰を動かしはじめた。ゆっくりと抜いては、ゆっくりと入り直し、結合感を噛みしめるように何秒か動きをとめる。

「そっ、それに締まるっ……こんなに締まるオマンコ、初めてだっ……おおおっ……おおおおっ……」

ずんっ、ずんっ、ずんっ、ずんっ、と抜き差しのピッチが一足飛びに速くなっていく。知香は卑語を口にするような男が大嫌いだが、永瀬のような若いイケメンに言われると興奮してしまうのを禁じ得ない。

(きっ、気持ちいいの？　わたしのオマンコ気持ちいいのっ？　もっと使ってて……知香のオマンコ、もっと味わってて……あああっ……)

ずんっ、ずんっ、ずんっ、と送りこまれるピストン運動が気持ちよすぎて、知香はみずから尻を突きだし、一ミリでも深く永瀬のペニスを咥えこもうとする。えぐりこむようなストロークに、汗が噴きだしてくる。熱気のこもった浴室内だから、みるみる全身が汗まみれになり、ヌラヌラと濡れ光りだす。

「ちっ、知香さんっ！　知香さんっ！」

永瀬の両手が後ろから伸びてきて、双乳をすくいあげられた。必然的に知香の両手は壁から離れ、上体が起きて、顔と顔とが接近していく。

「うんんっ！」

振り返ると、キスをされた。舌をからめあう濃厚な口づけに、知香はうっとりと眼を細めた。ワンナイトスタンドの相手でも、愛《いと》しい恋人のように扱ってくれる永瀬の態度に胸が熱くなる。こんなロマンティックなセックスがしたかった！　と知香は胸底で快哉をあげる。

だがもちろん、硬く勃起した彼のペニスは後ろから知香を貫いている。キスをしながらだと激しく突いてもらえないが、それでも永瀬はぐいぐいと腰を動かし、いちばん深いところを刺激してくる。

たまらなかった。

ロマンティックとエロティックが矛盾することなくお互いの体温で溶けあって、知香の顔をどこまでも蕩けさせていく。鼻の下を伸ばした浅ましい顔をしている自覚はあっても、表情管理をすることなんてとてもできない。

「んんんっ！」

永瀬が左右の乳首をつまんできた。永瀬の指はギター弾きの指であり、指先だけで子持ちの人妻を絶頂寸前まで追いこんできた。その指が、いまは乳首をつまみ、キュッキュと押しつぶしている。さらに、爪を使ってくすぐったりもする。濃厚キスと硬いペニスと器用な指技が織りなす極上のハーモニーに、知香の両脚はガクガクと震えだした。

極上の快楽は激しい眩暈《めまい》を誘い、立っているのがつらくなってきたが、泣き言は言えない。永瀬を癒やすつもりで体を投げだしたのなら、彼が満足するまでとことん付き合ってあげなくては、女がすたるというものだ。

「あああっ……」

長いキスの時間が終わると、知香は再び壁に両手をついた。尻を突きだす格好になった知香の腰を、永瀬が両手でつかんでくる。先ほどより力を込めてつかまれ、怒濤《どとう》の連打が襲いかかってくる予感がした。

「はっ、はぁうううううーっ！」

予感は的中し、永瀬は先ほどより激しく突きあげてきた。知香はヒップが大きめだから、パンパンッ、パンパンッ、という乾いた音が浴室中に響き渡った。それも若さゆえだろうか？　二十歳の永瀬は見た目よりずっと体力があり、抜き差しのピッチも恐ろしく速ければ、奥を突きあげる力も強かった。さらに、連打を続ける時間が異様に長い。

（まだなの？　まだ続くの？）

普通ならとっくにひと息ついているタイミングがきても連打は終わらず、むしろますますピッチをあげてくる。ガクガクと震えている知香の両脚が浮いてしまうほどの勢いで、突いて突いて突きまくられる。

（たっ、助けてっ……）

永瀬の若さをあなどっていたのかもしれない、と知香は思った。だいたい、先ほど口内射精したばかりなのに、どうしてこんなにペニスが硬いのだ？　暴力的なまでに膨張して、内側の肉ひだをしたたかにこすりあげてくるのか？

「ダッ、ダメッ！　もうダメッ……」

振り返ることもできないまま、知香は檜の壁を掻き毟った。

「イッ、イッちゃうっ！　気持よすぎてもうイッちゃうっ！　イクッ！　イクッ！　はっ、はぁうううううううーっ！」

ビクンッ、ビクンッ、と腰を跳ねあげて、知香はオルガスムスに駆けあがっていった。自分で自分の体が制御できなくなり、五体のどこもかしこも、淫らに反り返ったり、激しく痙攣したりしている。久しぶりに完全燃焼を予感させる絶頂を味わったが、永瀬はまだ動きつづけている。パンパンッ、パンパンッ、と尻を打ち鳴らして、オルガスムスに達した女体に連打を送りこんでくる。

「ちょっ！　まっ！　動いちゃダメッ！　イッたからっ！　わたしもうイッてるからあああーっ！」

涙声で哀願し、くしゃくしゃになった顔で振り返っても、永瀬は険しい形相でぐいぐいと腰を振りたてるばかりだった。女がイッたらいったん動きをとめるのは、当然のベッドマナーだろう。絶頂に達したばかりの女の体は敏感になりすぎていて、なにをされてもくすぐったいだけなのだ。

だが永瀬は、おかまいなしに怒濤の連打を送りこんでくる。ずちゅぐちゅっ、ずちゅぐちゅっ、と汁気の多い肉ずれ音をたてて、お互いの性器をこれでもかとこすりあわせてくる。

「お願いだからやめてっ！　もうイッてるからあっ！　イッてるからやめてーっ！　ひぃいいいいーっ！」

スパーンッ！　と尻丘を平手打ちされ、知香は悲鳴をあげた。「やめて」と言っているこちらに対し、「黙れ」とばかりに尻を叩かれたのだ。普通だったら看過できない、屈辱的な行為なはずだ。

しかし、知香に屈辱を覚えている暇はなかった。スパーンッ！　と尻丘を叩かれた瞬間、雷《かみなり》に打たれたように全身に電気が走った。まるで電気ショックの心臓マッサージだった。欲情が蘇生し、嘘のようにくすぐったさが消えた。絶頂直後に性感帯を刺激される不快感がすうっと霧散していき、かわりに快楽だけがくっきりとした輪郭を見せて蘇ってくる。

「あううう一っ！　あうううう一っ！　はぁううううううう一っ！」

知香はよがった。声の限りによがり泣きながら、永瀬が送りこんでくる怒濤の連打を受けとめた。気がつけば、熱い涙を流していた。セックスが気持ちよすぎて涙を流すなんて、初めての経験だった。

「ああっ、いやっ！　またイキそうっ！　またイッちゃいそうっ！　イクイクイクイクイクイクッ……はっ、はぁおおおおおおおおおーっ！」

ビクンッ、ビクンッ、と腰を跳ねあげて二度目の絶頂に駆けあがっていく知香の頭の中は、完全に真っ白になっていた。

# 第五章　わたしたちは仲がいい

## 1

山岸香緒里は眼を見開いて呆然と立ち尽くしていた。

ここは〈清流館〉の部屋付き露天風呂に併設された脱衣所だった。

香緒里と田中が風呂からあがってくると、高校時代からの親友がセックスをしていた。男の腰の上であられもないガニ股になる、スパイダー騎乗位で……おまけに自分で自分の股間に手をやり、オナニーまで……。

(いったいこれは……どうなってるの?)

スパイダー騎乗位は普通の騎乗位より結合感が深いから、男に奉仕しているようでいて、実は女もかなり気持ちいい。それはそうなのだが、香緒里と田中が脱衣所に入っていっても、佐代は腰を動かすのをやめようとしなかった。そのうえ絶頂に達する浅ましい姿まで恥ずかしげもなく披露され、香緒里はしばらくの間、まばたきも呼吸もできなかった。

「もっ、もうイクッ！　イッちゃうっ！　イクイクイクイクイクッ……はっ、はぁおおおおおおおおーっ！」

香緒里が佐代と出会ったのは、高校一年のときだった。クラスが同じで、席が前と後ろ——あのころはお互いに処女だった。明るく物怖じしない香緒里に対し、おとなしい性格の佐代は見るからにおぼこい感じだったが、どういうわけかウマが合って、放課後はよく、ふたりでハンバーガーショップに寄り道した。

話題はいつも、男の子のことだった。何組の誰々がいいとお互いに言いあって、妄想のデートコースをつくったり、占いで相性を調べたり……。

まったく、時間というのは残酷なものである。あの可愛い十五歳の女子高生が三十二歳の人妻になると、親友の前でオルガスムスをむさぼれるようになるのだから恐ろしい。

それはともかく。

スパイダー騎乗位で絶頂に達し、全身をぶるぶる痙攣させている佐代を見ていると、だんだん腹がたってきた。

露天風呂で混浴をしようと言いだしたのは香緒里だし、前を隠していたタオルを取って裸を見せたのも香緒里である。佐代はそんなハレンチな親友の姿に呆れ果て、露天風呂から出ていったのではなかったのか？

佐代がいなくなった露天風呂で、香緒里は男ふたりの視線を独り占めした。裸を見られることがこんなにも気持ちがいいとは思っていなかった。もはや完全に舞いあがってしまい、ジャンケンで勝ったほうに口腔奉仕をしてあげると、自分でもドン引きするようなことを言ってしまった。

勝ったのは田中だったので、彼の男根を熱烈にしゃぶりまわし、口内射精に導いた。負けた野崎にもフェラチオをしてあげる心積もりだったが、彼は香緒里が田中の男根をしゃぶりはじめてしばらくすると、露天風呂から出ていった。

香緒里は引き留めなかった。

心配しなくても田中さんに発射させたら次はあなたよ——そんなふうに声をかけてもよかったのだが、スルーしてしまった。フェラチオに没頭していたという理由もあるが、野崎が出ていったことで露天風呂にいるのは香緒里と田中のふたりだけになったからである。

野外にいるにもかかわらず、その場の空気がにわかに濃密になったような気がした。ふたりになったということは、セックスをするチャンスが訪れたということだった。田中もそれを感じたようで、そわそわと落ち着かない顔をしていた。

（エッチ、しちゃうおうかな……）

男根を舐めしゃぶりながら、むらむらと欲情がこみあげてきた。もうフェラまでしてしまったのだから、最後までしたところで、事後の罪悪感はそれほど変わらないような気がした。フェラまでは浮気ではなく、性器を結合しなければセーフとか、そんな論理は成り立たない。全裸で混浴し、フェラまでしておいて、これは浮気じゃないなどと言い張れるほど図々しくはない。

だいたい、こうなった責任は、セックスレスで香緒里を放置している夫にあるのだ。家でできないから外でする——こちらのほうが、論理的な整合性があるのではないだろうか？　セックスをしたいというのが本能に根ざした衝動なら、欲しくなってなにが悪いのか？

幸いというべきか、香緒里はこういう場所でのセックスが苦手ではなかった。バンギャ時代、狙った男を落としつづけたスパイダー騎乗位なら、男を視覚で挑発しまくれるだけではなく、女郎蜘蛛めいた格好で乳首を舐めることができるだけではなく、結合感が深いからこちらもイキやすい。久しぶりに男根を咥えこんでオルガスムスをむさぼれると思うと、フェラの途中にもかかわらず、口内に大量の唾液があふれて足元までしたたっていった。

だがしかし……。

香緒里は結局、どうしても最後の一線を越えることができなかった。口説いてきたセラピストと会うために宴を中座した綾子を、先ほどさんざん軽蔑していたせいかもしれない。もうバンギャ時代の自分ではないのだ。素性も知らない男と会った途端に体を重ねるような、だらしない女にはなりたくなかった。

そこまではいい。自分でもよく我慢したと思う。セックスしたい気持ちをぐっとこらえて田中を口内射精に導いた瞬間、煩悩に打ち克《か》ったという満足感さえあったくらいだ。

しかし、射精を遂げた田中とふたり、露天風呂に浸かり直してひと休みし、そろそろ部屋に戻ろうかと脱衣場に入ると、高校時代からの親友が夢中になって腰を振りたてていたのである。

それも、かつて香緒里が佐代に伝授してあげたスパイダー騎乗位で……腰を振りながらオナニーするという恥知らずなアレンジまで加えて、オルガスムスに駆けあがっていった。

(馬鹿にしてる……)

佐代ひとりが悪いわけではなかった。彼女を恨むつもりはないが、この状況自体が自分を馬鹿にしているとしか思えない。セックスまでするならするで佐代がそう言ってくれたのなら、あんなに我慢する必要はなかった。危なっかしい最後の一線も、親友と一緒なら軽々と飛び越えられるのが女という生き物なのだ。

「あっ、あのう……」

田中が震える声で言いながら、ぎゅっと手を握ってきた。

「おっ、俺もしたいですっ……香緒里さんをっ……だっ、抱きたいっ……」

香緒里は横眼でチラリと田中の顔を見た。いまにも泣きだしそうな切迫した表情をしていたので、握られた手を振り払う気にはなれなかった。視線を股間に移すと、腰に巻いたタオルが浮いていた。勃起していることが一目瞭然だった。しかも、元気いっぱいに反り返っていそうだ。

(オジのくせにすごい精力……)

先ほど口内射精したばかりなのに、もう復活するなんて女日照りの憂さを晴らしたくてしようがないのだろうか？　それとも……。

(そんなにわたしがいい女なの？)

香緒里の鼓動はにわかに乱れはじめた。とはいえ、いきなり物欲しげな顔をするのもシャクなので、

「そんなにしたいのかしら？　このわたしと？」

眉をひそめて田中に訊ねた。田中は大きくうなずいた。発情期のオス犬みたいに、ハアハアと息をはずませているのが滑稽だった。

「……まあ、いいけど」

眼を伏せて小声で言うと、

「あのうっ！」

田中がにわかに声を張った。香緒里だけではなく、佐代や野崎にも伝えたいことがあるようだった。スパイダー騎乗位でイキきった佐代は、腰の動きをとめて乱れた呼吸を整えていた。

「続きは部屋に移動してからにしませんか？　あっちならふかふかの布団もあるし、ここよりずっといいかと……」

香緒里と佐代は息をとめて眼を泳がしたが、

「そっ、そうだね……」

野崎がひとり、田中の提案にうなずいた。

「せっかく温泉に来たのに、このままじゃ体がバキバキになりそうだ……」

でっぷり太った顔にニンマリした笑みを浮かべる。

(バキバキになるのが嫌なら、板の上なんかでしなきゃいいじゃない！)

香緒里は胸底で絶叫した。ニンマリ顔にイラッとしたからだが、口に出すことはできなかった。香緒里も香緒里で、ふかふかの布団が恋しかったからである。

## 2

さすが高級旅館らしく、全室離れを謳《うた》う〈清流館〉の部屋は、リビングの他に六畳の寝室がふたつあった。家族で利用できるための配慮だろうが、男同士の客にも適しているかもしれない。太った野崎は見るからにイビキがうるさそうだから、寝室は別々にしたほうが安眠をむさぼれる。

そういう理由かどうかはわからないが、ふたつの寝室にはやたらと分厚い布団がひと組ずつ敷かれていた。田中と野崎はふたつの寝室を仕切っている襖《ふすま》を開けて広いひと部屋とし、ふた組の布団を部屋の中心でぴったりと横に並べた。

（これってもう……）

完全に乱交パーティ仕様と言っていいだろう。香緒里は別々の部屋でするものだと思っていたし、部屋に戻ってきたときにそれを田中に確認したのだが、

「えー、みんなで一緒にすればいいじゃない」

と佐代が主張したのだ。

「いまさら恥ずかしがってもしようがないから、四人で組んずほぐれつしましょうよ。わたし、乱交パーティなんてしたことないけど、今日は羽目をはずすことに決めたか

ら。どうせ羽目をはずすなら、とことんエッチなことしたいから」

香緒里は唖然とするばかりで言葉を返せなかった。

(どうしちゃったの、この人……)

イケイケの香緒里と、すぐに尻込みする佐代――自分たちはそういう関係性だったはずなのに、今日の佐代は、香緒里がドン引きするほど大胆だ。

いや……。

大胆になる理由が、佐代にはあったのだ。彼女はすでに、セックスしているところを香緒里に見られている。スパイダー騎乗位で腰を振りたて、浅ましい顔をして絶頂をむさぼるところまで……。

つまり、佐代にしてみれば、別々の部屋で別々にセックスしたら、自分ばかりが醜態をさらしたことになるわけだ。そういうところにやたらとこだわり、マウントを取り返そうとするのは佐代らしいといえば佐代らしい。普段はおとなしいくせに、自分ばかりが恥をかくというシチュエーションに耐えられず、人が変わったように猪突猛進しはじめる。

(四人で組んずほぐれつって……どうなっちゃうのよ、もう……)

先の見えない不安に震えあがっている香緒里をよそに、佐代は体に巻いていたバスタオルをはずした。その前に、野崎が腰に巻いているタオルも奪っていた。全裸になったふたりは、掛け布団をめくって白いシーツに横たわる。

「あっ、あのさ……この部屋ちょっと明るすぎない？」

香緒里はこそっと田中に言った。ムーディな間接照明ではあるものの、薄暗いという感じではない。

「なに言ってるのよ、香緒里！」

佐代がキッと眼を吊りあげて睨んできた。

「四人でするんだから、明るいほうがいいでしょうが。こういうのって、エッチなところを見せあって興奮するのよ、ねえ？」

同意を求められた野崎は、佐代の剣幕に押されてうなずくことしかできない。

「エッチなところを見せあうって……」

香緒里は呆然とするしかなかった。セックスというのは秘め事であり、自分がしているところを見られたくないし、人がしているところも見たくないものなのではないだろうか？

だが、呆然とするばかりの香緒里をよそに、隣にいる田中は鼻息を荒げている。香緒里の双肩を両手でつかむと、

「ぼぼぼっ、僕たちも横になりましょうか……」

生温かい吐息を耳に吹きかけながらささやいてきた。

もはや観念するしかないようだった。だいたい、こんなことになってしまったきっかけは、香緒里が混浴しようと言いだしたことなのだ。おまけに男たちにフェラを賭けてジャンケンまでさせ、お姫さま気分を味わったのだ。あれは本当に興奮した。

「あっ……」

田中にバスタオルを奪われた。自分が腰に巻いたタオルはとっくに取っていたようで、勃起しきった男根を露わにしている。

白いシーツの上に横たわると、田中が身を寄せてきた。バックハグの体勢だった。香緒里は佐代たちに背中を向けていたので、田中が後ろに来たことで壁ができた。悪くないと思ったものの、田中は硬くなった肉の棒をヒップにぐいぐいと押しつけてくる。欲情が揺さぶられる。乱れてしまいそうな予感に息もできない。

「ああああっ……」

後ろから伸びてきた両手に双乳をすくいあげられると、声が出てしまった。男に体を触られるのは、本当に久しぶりだった。奥手のオジのくせに、いや、奥手のオジだからなのかもしれないが、田中の愛撫は悪く言えば遠慮がち、よく言えば丁寧だった。やわやわと隆起の裾野を揉まれると、香緒里は身をよじるのをこらえきれず、気がつけば腰までくねらせていた。

女の乳房はさして敏感なところではない。しかし、それを揉まれているということは、次は敏感な乳首を刺激されるということだ。想像しただけで身震いが起こってしまう。淫らな刺激を熱望している乳首は、触られる前から恥ずかしいくらいに尖りきっている。

「くぅうっ！」

指でちょんと触れられただけで、体の芯に快感の電流が走った。田中は丁寧に乳首をいじりはじめた。くりくりと突起を撫で転がす動きが次第にねちっこくなっていったのは、興奮しているからだろうか？

（さっ、触ってっ……もっと触ってっ……痛いくらいにしてもいいのよっ……）

セックスのときの心の声は、いつだって相手の男に涼しい顔でスルーされるものだ。しかし、このときばかりは田中に届いた。物欲しげに尖りきった乳首をつままれ、ぎゅうっとひねりあげられる。

「あううう－っ！」

香緒里は声をこらえきれなかった。絶対に見ないようにしているが、隣の布団で佐代が野崎とセックスしているのだ。最後まで声を出さないつもりだったし、佐代も声を我慢しているようだったが、さすがにこれは無理だった。田中はすぐに乳首をひねるのをやめたけれど、衝撃的な快感の余韻が体中を小刻みに震わせている。

「いっ、痛かったですか？」

田中が心配そうに訊ねてくる。

「だっ、大丈夫っ……大丈夫だからっ……」

香緒里がハアハアと息をはずませながら答えると、田中は左右の乳首を同時にひねりあげてきた。

「はぁうううう－っ！」

刺激が倍増し、ガクガクと腰が震える。まだ乳首を愛撫されているだけなのに、腰が抜けそうになっている自分が情けない。

「本当に綺麗な体だっ……」

田中が耳元で熱っぽくささやく。

「こんなに色っぽい体、見たことがないっ……なんだか夢のようだっ……」

田中は後ろから香緒里を抱いていた。バックハグの体勢で双乳を揉んでいたのだが、右手が胸から離脱して、下半身へと這っていく。お腹のあたりを触られると、田中の手のひらがひどく汗ばんでいるのを感じた。だが、お臍の下の黒い草むらはきっと、それ以上にじっとりと濡れているに違いない。

（ああっ、触ってっ……早く触ってっ……）

時間をかけて這ってくる右手の動きに焦れながら、香緒里の心臓はドクンドクンと早鐘を打っている。男の手指にその部分を触られたいという耐えがたい欲望が、全身の血を沸騰させているような興奮を運んでくる。

しかし、田中の右手はまっすぐにその部分にやってこなかった。草むらをスルーしてお尻や太腿を撫ではじめたのだ。

香緒里はびっくりした。奥手オジのくせに女を焦らそうとしているのだろうか？　理由はわからなかったが、焦らされると興奮が高まるのも事実であり、香緒里の呼吸は限界まではずんでいった。左右の太腿をこすりあわせると、内腿がやたらとヌルヌルしており、顔から火が出そうになる。

「あっ……」

横向きの体勢で片脚を折り曲げられ、股間を無防備にされた。香緒里は佐代たちに背中を向けているし、その後ろには田中という壁があるから、それほど恥ずかしくはなかった。とはいえ、内腿がヌルヌルなのはかなり気まずく、田中の右手が股間に伸びてくるとビクッとしてしまった。田中の右手は、草むらをひとしきり撫でたり梳《す》いたりしてから、その下へじりじりと向かっていく。

「……っ！」

衝撃が大きすぎて、香緒里は声をあげることができなかった。中指が女の割れ目にぴったりと添えられた。ただでさえジンジン疼いていたので、触れられただけで気が遠くなりそうなほど気持ちよかった。

奥手オジの指使いはソフトだった。やさしく丁寧ではあるものの、尺取虫のような中指の動きが次第に熱を帯びていく。動きがやけにスムーズなのは、蜜を大量に漏らしているからに違いなかった。

「くぅうっ……くぅううっ……」

濡れすぎた花園の上で指をひらひら動かされると、声をこらえるために歯を食いしばらなければならなかった。まだ前戯の段階でこんなに感じた経験が、香緒里にはなかった。長きにわたるセックスレスのせいだと思うと、悔しくもあり、悲しくもあった。それでもいまは、田中の指の動きに合わせて、身をよじることしかできない。ぴちゃぴちゃと猫がミルクを舐めるような音が聞こえてきても、羞じらうどころかよけいに興奮が高まっていく。

「はっ、はぁうううーっ！　はぁううううーっ！」

隣から獣じみた声が聞こえてきた。香緒里は驚いて閉じていた眼を開けた。恐るおそる振り返ると、佐代がクンニされていた。あお向けで両脚をM字に開いた、ひっくり返ったカエルのような格好にされ、その股間に野崎の顔がある。

（うわあっ……）

高校時代からの親友は、どうやら恥も外聞も捨てたようだった。クンニが嫌いな女は少なくても、陰部の匂いを嗅がれるのを恥ずかしがる女は少なくない。そのハードルを飛び越えても、まだ先がある。ひっくり返ったカエルのような格好で、自分ばかりがひいひいとあえいでいることに耐えなければならない。

3

（なんなの？　なんなのよ、もう……）

あまりに恥知らずな佐代の振る舞いに、香緒里は憤っていた。完全に吹っ切れてしまったのかもしれないが、それにしたって限度がある。ひっくり返ったカエルの格好で女の花を舐めまわされるのは、薄暗い部屋で一対一のシチュエーションでなければ、受け入れてはいけないものだ。

しかし、憤っていたことも憤っていたが、それ以上に羨《うらや》ましかった。

（わっ、わたしも、されちゃえばいいのかな？）

不倫スキャンダルを起こした芸能人を、ネットでしつこく糾弾した経験のある香緒里は知っていた。糾弾の原動力はジェラシーなのだ。自分がセックスレスなのに、家でも外でもセックスしている芸能人が羨ましくてしようがないから、誰も反論できない正論をかざして彼ら彼女らを叩きまくる。

だが、そんなことをしてみたところで、あとに残るのは虚《むな》しさだけだ。羨ましいなら自分もすればいい――抜本的な解決方法はそれしかない。東京から遠く離れた温泉宿でなにをしようが、夫にバレるわけがないし、家庭だって壊れない。ならば、恥も外聞も捨ててよがっている佐代のほうが正しいのかもしれない。

「ちょっ……ちょっと待って……」

香緒里は田中の愛撫を制して言った。

「あお向けになってもらってもいいかしら？」

「えっ、ええ……」

田中は眼を輝かせてうなずいた。この流れであお向けになることをうながされれば、騎乗位で合体という展開を期待してもおかしくない。奥手オジが考えそうなことだし、なによりも、彼は先ほど佐代がスパイダー騎乗位でイキまくるところを目撃している。自分も同じことをされてみたいと思っていても責められないが……。

「入れるのはちょっと我慢してね」

香緒里は甘くささやき、体を起こして立ちあがった。佐代にスパイダー騎乗位を伝授したのは、他ならぬ自分である。先達の凄みを味わわせてやるのもやぶさかではなかったが、スパイダー騎乗位にも種類があるのだ。

バンギャ時代の香緒里が狙いを定めて落とした男たちは、とにかく面倒くさがりのマグロばかりだった。しかし、マグロにクンニさせる方法もこの世には存在する。なんなら、男に舌なんて使ってもらわなくてもいい。こちらが勝手に気持ちよくなる、いやらしすぎるやり方が……。

「うわっ……」

田中が驚愕に眼を見開いた。彼の顔を左右の足で挟んで、香緒里が仁王立ちになったからである。全裸なので、当然陰部は見えている。蜜のしたたる女の花を田中の顔に近づけるため、香緒里はガニ股で腰を落としていった。恥ずかしさにひきつった頬がピクピクしているが、クールな表情を崩さない。

「うわっ……うわわっ……」

匂いたつ女の花を眼と鼻の先まで接近させてやると、田中は眼を白黒させた。そのあわてぶりは可愛かったが、彼はライブハウスのステージで輝くバンドマンのような美形ではない。美形が相手ならこちらが股間を動かしまくって美しい顔を発情の蜜まみれにしてやるが、冴えない奥手オジには少し頑張ってもらおう。

「舌、出して」

香緒里が言っても、田中はあわあわしているばかりだった。顔面騎乗位の経験がないのか、あるいは香緒里のハレンチな格好によほど驚いているのか……。

「舐めてちょうだいよ」

香緒里は右手を股間に伸ばし、中指と人差し指を割れ目の両脇に添えた。逆Vサインでぐいっとひろげれば、指の間に薄桃色の粘膜が露出する。香緒里からは見えないが、田中にはひくひくと熱く息づいている様子まで見えるはずだ。

「露天風呂で、わたしオチンチン舐めてあげたでしょう？　お返ししてよ。たくさん舐めて……」

「はっ、はいっ！」

田中はようやく気を取り直し、舌を差しだしてきた。美形ではないけれど、彼の舌は長かった。おあつらえ向きだと、香緒里は内心でほくそ笑んだ。これだけ舌が長ければ、差しだしてくれているだけでいい。

「ああぁっ……」

右手を股間から離しつつ、腰を落としていく。舌先が花びらに届くか届かないかの位置で体勢をキープし、ゆらゆらと腰を揺らす。生温かくヌメヌメした舌先が花びらをかすめるたびに、電流じみた快感が股間から全身に波及していった。さざ波のようにひろがって、体中を小刻みに震わせる。

「あううっ！」

田中の舌が動きはじめた。長い舌がくなくなと花びらを刺激してくると、香緒里は身動きがとれなくなった。ガニ股で腰を落としたあられもない格好でじっとしていると、恥ずかしさのあまり額に脂汗《あぶら》が滲んできたが、かまっていられなかった。

「むううっ！　むううっ！」

　田中が鼻息で草むらを濡らしながら、割れ目を丁寧になぞってくる。花びらがぱっくりと口を開くと、舌先が浅瀬にヌプヌプと差しこまれ、蜜をじゅるっと啜《すす》られる。

（たっ、たまらないじゃないのよっ……）

　欲求不満の体はみるみる熱く火照《ほて》っていき、下腹の奥で欲情が陽を浴びたバターのように溶けだしていく。田中の舌の動きを受けとめるために身構えていた体が、淫らな感情に突き動かされて揺らめきだす。ハアハアと息をはずませながら腰をくねらせ、肉の合わせ目の上端をみずから田中の口に押しつけていく。

「はっ、はぁうううう－っ！」

　クリトリスがカッと熱く燃えあがり、香緒里の頭の中は真っ白になった。田中は敏感な肉芽を舐めるのではなく、吸ってきた。獰猛《どうもう》な蛸《たこ》のように尖らせた口で、チューチューと音をたてて……。

　先ほどは尖った乳首をひねりあげられたが、田中の愛撫は全体的に遠慮がちなのに、時折、想定外の強い刺激を挟んでくる。奥手オジのくせに、なかなかやる。女はやさしく扱われることが大好きだが、だからといって強い刺激が欲しくないわけではない。

（もっ、もうダメッ……我慢できないっ……）

　ガニ股で踏ん張っている両脚がガクガクと震えはじめて、中腰の体勢をキープしていることがつらくなってきた。それ以上に、もっと痛烈な刺激が欲しくてしかたがない。勃起しきった男根で両脚の間を深々と貫いてほしい。

「ううぅっ……」

香緒里は腰を浮かし、顔面騎乗位を中断した。そのまま後退《あとずさ》っていき、田中の腰の上で膝立ちになる。両脚の間で、男性器官が勃起していた。先ほど口内射精を遂げているのに、ビクビクと跳ねまわって元気である。

香緒里は右手を肉竿に添えると、亀頭と割れ目を密着させた。肉穴は奥の奥まで充分に濡れているはずだから、そのまま一気に咥えこんでもよかった。しかし、ずぶっ、と亀頭の先端を埋めこんだだけで、上体を田中に覆い被せていく。

「ああんっ……」

せつなげに眉根を寄せて田中を見れば、半開きの唇にキスをしてくれた。女の花を悦ばせてくれた長い舌に舌をからめれば、ねちゃねちゃと下品な音をたてるディープキスに移行していく。お互い、下品になることを制御できないくらい興奮している。

「むううっ！」

田中の舌の動きがとまった。香緒里が腰を動かし、ずぶずぶと男根を咥えこんでいったからだ。気持ちがいいのはわかるけど、キスを中断するのは許さなかった。舌と舌を濃厚にからめあいながら男のものを自分の中に収めていくのが、香緒里のいちばん興奮する結合のやり方だった。

「ぅんんっ……ぅんあぁっ……」

器用に腰を動かしつつ、田中の舌をしゃぶりあげる。あまりの興奮にあふれてきた唾液が、田中の顎を淫らに濡らす。

「んんんんーっ！」

男根を根元まで咥えこむと、香緒里は少しだけ上体を起こした。挑むように田中を上から睨みながら、乳首をいじってやる。豆粒ほどの突起をつまんだり爪でくすぐったりしつつ、田中を睨みつづける。

視線をはずすのは許さない——無言のメッセージに田中は応え、必死の形相で眼を見開いているものの、乳首の刺激に身をよじらずにはいられない。さらに香緒里が腰を使い、性器と性器をこすりあわせはじめると、

「おおおおおっ……」

野太い声で呻きながら、いまにも泣きだしそうな顔になった。だが、喜悦の涙を流すにはまだ早い。香緒里は田中の乳首をチロチロと舐め転がしながら、片方ずつ脚を立てていった。スパイダー騎乗位である。

（なんだか懐かしい……）

香緒里はゆっくりと股間を前後させながら、バンギャ時代のことを思いだした。バ

ンギャをやめてからは、こういうセックスは卒業した。夫を相手にスパイダー騎乗位をしたことなんてないし、男の腕の中で可愛らしく身悶える、女らしい女を目指すことにしたのである。

バンギャ時代は、とにかく自分が頑張っていた。美形でモテモテのバンドマンは面倒くさがりばかりだから、フェラから顔面騎乗位、さらにはスパイダー騎乗位で翻弄してやった。

ベッドの中でも格好をつけているタイプの男が好みだった。当時は極端な面食いだったから――それだけが理由ではなかった。格好をつけている男が、香緒里の繰りだす快楽の波状攻撃に揉みくちゃにされ、美形の顔をくしゃくしゃにしてすがるような眼を向けてくるのが好きだったのだ。

結構な達成感や満足感があったし、なにより支配欲が満たされた。ステージに立っているときは客席の視線を一身に集めていても、ベッドの中では自分だけを見てくれているようで気持ちよかったのである。

## 4

弓永佐代はギリリと歯嚙みした。

（香緒里ったら、まったく……どこまでいやらしくなれば気がすむの……）

　野崎のクンニによがりながらも、佐代は隣の布団が気になってしかたがなかった。香緒里が男の顔にまたがったときもびっくりしたけれど、こちらはまだ前戯の段階だというのに、我先に結合するなんて思わなかった。

　しかも、スパイダー騎乗位……。

　佐代は若かりしころ、バンギャをやっていた香緒里に訊ねてみたことがある。

「どうやったらさ、あなたみたいに狙った男を落とせるわけ？」

　相手はインディーズ系とはいえ、それなりに動員力のあるバンドのフロントマンばかりだった。香緒里も美人といえば美人だが、世の中には美人なんてたくさんいる。とくにワンチャン狙いのバンギャとなれば、大金を叩いてまで見てくれをよくしようとする勢力まで存在するわけで、フロントマンの争奪戦に勝ち抜くのは容易ではないはずだった。

「恋を成就させる秘訣なんて、清らかな心以外にないと思うけど」

　香緒里は最初とぼけていたが、彼女がこよなく愛しているサイゼリヤでワインを浴びるほど飲ませてやると、泥酔しきって白状した。

「バンドマンが好きな女なんて、自分に都合がよくて、エッチが上手い女に決まってるじゃないの」

最後のフレーズが気になった。当時の佐代には、セックスの上手い下手がイマイチよくわかっていなかったからだ。

香緒里によれば、相手はマグロの場合が多いので、自分が積極的に奉仕するらしい。そしてトドメに、スパイダー騎乗位……。

「まず、ヴィジュアルが衝撃的でしょ? 女がガニ股でまたがって、オチンチンを出し入れするところを見せつけるのよ。と同時に、男の乳首をいじったり、舌で舐めたり、あるいはベロチュウしたり……至れり尽くせりな体位なわけ。これがばっちり決まると、まあほぼ間違いなくおかわりされる……」

その後、結婚した佐代は、夫婦生活のマンネリを経験する。いくら好きな相手でも毎日していれば女だって飽きてくるわけだし、男は女よりずっと早くそういう気分になるものだろう。

スパイダー騎乗位を試してみた。最初こそ涙を流さんばかりに悦んでいた夫も、何度かしていると「もういいよ」と言われてしまった。夫は基本的に、自分がいろいろしたい人なのだ。面倒くさがりのバンドマンとは習性が違うから、あお向けになっているだけで至れり尽くせりの体位がフィットしなかったらしい。

(でも、もしかしたらフィットしなかったのはわたしのせいかも……)

香緒里を見ていると、同性の佐代でもゾクゾクするほど興奮した。香緒里は細身で脚が長い。両脚を立てた状態で男に覆い被さっていると、脚の長さが際立った。その姿はまさしく女郎蜘蛛が男の体をむさぼるようで、セックスというものは男が女をリードするものだという考え方を見事に覆していた。下になっている田中に挑発的な視線を送りながら、男の乳首をいじったり、舐めまわしたり……。

しかしそれは、香緒里の細身と長い脚があるからこそ美しくも淫らに映えているわけで、佐代がすると……自分がスパイダー騎乗位で男にまたがっているところを鏡で見たわけではないけれど、似合わない気がした。

巨乳だからである。合コンでも男の前で服を脱ぐときでも、佐代にとって最大の武器と言っていい、たわわに実った肉房が、スパイダー騎乗位では活かされないのだ。脱衣所で野崎としたときは、他に選択肢がなかったからしかたがないが、むしろ普通の騎乗位のほうが、佐代の魅力を存分に引きだしてくれる。もちろん、腰を振るたびに巨乳が揺れはずむからである。

「どうなの？　気持ちいいの？」

スパイダー騎乗位で股間を上下させ、乳首をくすぐりながら、悶える男に問いかけている香緒里が、チラッとこちらを見た。ほんの一瞬だが、眼が合った。ほんの一瞬にもかかわらず、勝ち誇った表情が佐代の眼には焼きついた。

（なっ、なんなの……）

佐代の中で怒りの炎がメラメラと燃えあがりはじめた。香緒里は男を挑発するばかりではなく、佐代のことも挑発してきた。別々の部屋でしようとか、照明を暗くしたいとか、ついさっきまでおぼこいことを言っていたくせに、いざ始まってしまえばこの有様なのか？　元祖スパイダー騎乗位を見せつけて、あなたのムチムチした体型じゃこんなに格好よくできないでしょう、とでも言いたいのか？

「もういいから……」

クンニに励んでいる野崎の肩を叩き、愛撫を中断させた。香緒里がそういうつもりなら、こっちも切り札を出すまでだと、四つん這いになる。

「ちょうだいっ……後ろからっ……」

眉根を寄せて振り返り、甘い声で野崎にささやく。でっぷり太った彼のお腹を見ていると、きちんと腰を使えるのかどうか心配になってくるが、二の足を踏んでいてもしかたがない。

「どうしたの？　ワンワンスタイルは嫌いなの？」

「大好きですっ！」

野崎は興奮も露わな険しい表情で返すと、佐代が突きだしている尻に近づいてきた。勃起しきった男根が、桃割れを縦になぞって穴の位置を探る。ヌルッ、ヌルッ、とすべるその感触だけで、佐代の興奮は一気にマックスまでのぼりつめていく。

「いっ、いきますっ……」

野崎は唸るように言い、ずぶっ、と亀頭を埋めこんだ。

「んんんんーっ！」

硬く勃起した肉の棒がずぶずぶと侵入してくると、佐代はぎゅっと眼を閉じた。一年間も溜めこんだ欲求不満は、たった一回セックスしたくらいでは、まるで解消されていなかった。むしろ、先ほどの余韻が体の中に燻《くすぶ》っていて、男根を根元まで押しこまれると、淫らな炎が一気に燃えあがった。

「あああああーっ！　はぁあああああああーっ！　はぁあああああーっ！」

佐代はあえいだ。野崎がいきなりピストン運動を送りこんできたからである。ずんずんっ、ずんずんっ、と深いところを突きあげられると、眩暈がしそうなほど気持ちよかった。野崎は先ほど自分が下だったから、動きたかったのかもしれない。けっこう激しいいし、連打も続く。期待していなかっただけに、野崎が送りこんでくるリズムにみるみる翻弄されていく。

とはいえ、佐代がバックスタイルを求めたのは、ただ単に欲求不満を解消したいからではなかった。細身のスタイルと長い脚を武器にしたスパイダー騎乗位をこちらに見せつけ、マウントをとってこようとする香緒里に反撃するためだ。

巨乳の真骨頂はバックにある。ただでさえ大きな乳首が下を向いていることで、ひときわ大きく見えるから、佐代と体を重ねるチャンスに恵まれ、鏡の前で立ちバックを求めなかった男はいない。

しかし、いまバックをチョイスしたのは、性器を繋げている野崎の視線を意識してのことではなかった。目の前に鏡もないので、後ろにいる野崎から見えるのは、佐代のお尻と背中だけだ。

下を向いてユッサユッサと揺れている巨乳を見せつけてやりたいのは、スパイダー騎乗位の餌食になっている田中である。

「ああっ、いいっ！ ちょうだいっ！ もっとちょうだいっ！ めちゃくちゃに突いてっ！ 突いて突いて突きまくってええええーっ！」

普段なら絶対言わないようなことを口にしたのも、田中の耳に届かせるためだった。たとえセックスの途中でも、隣で女がよがり泣いていれば、視線を向けてしまうのが男という生き物なのである。

実際、田中は横眼でチラッとこちらを見た。香緒里に舌をしゃぶられていたにもかかわらず、大きく眼を見開いた。まばたきもできないまま、二度と視線をそらせなくなった。

（どう？ 巨乳のバックはエッチでしょ？ 興奮しちゃうでしょ？）

佐代は内心でほくそ笑みながら、みずから体を動かして過剰なまでに巨乳を揺らした。日常生活では邪魔に思えることも多々あるが、こうなってみると巨乳に生まれてきて本当によかったと神さまにお礼が言いたくなる。

「ちょっと、なに見てんの？」

香緒里が田中の異変に気づき、キッと眼を吊りあげて睨みつける。田中は泣きそうな顔で視線を香緒里に戻したが、それでも横眼でチラチラとこちらを見ている。

「いいじゃないの、怒んなくたって」

佐代は助け船を出した。

「みんなでしましょうって言ったんだから、みんなですればいいのよ」

四つん這いで繋がったまま、隣の布団ににじり寄っていった。あお向けになっている田中の手を取り、自分の胸へと導いていく。

「触りたかったんでしょう？」

「おおおっ……ぬおおおおおっ……」

田中は雄叫《おたけ》びをあげて巨乳を揉みしだいてきた。もちろん、騎乗位で下になっているから、上手には揉めない。それでも、乳首を撫で転がされたり、つまんだりされると、佐代の欲情はヒートアップした。声の限りにあえぎにあえぎ、四つん這いの身をよじってよがり泣く。

「なんなのっ！　なんなのっ！」

香緒里は怒りの形相で身震いしつつも、腰が痛くなってきたようだった。スパイダー騎乗位の体勢を維持できなくなり、上体を起こした。先ほどまでは股間を上下に動かしていたが、今度は前後にこすりつけていく。長い両脚をM字に開いたまま、ずちゅっ、ぐちゅっ、と卑猥な音をたてて性器と性器をこすりあわせる。佐代の巨乳に田中の関心を奪われたことがよほど悔しいらしく、クイッ、クイッ、と股間をしゃくる動きに、怨念じみた熱がこもっている。

そうなると、自分だけ取り残されるわけにはいかないとばかりに、野崎が送りこんでくるピストン運動のピッチがあがった。パンパンッ、パンパンッ、と尻を鳴らして、怒濤の連打が始まった。

「はっ、はぁうううううううーっ！」

佐代は甲高い悲鳴をあげた。バックスタイルで男と繋がっているとき、後ろから両手で双乳を揉まれることはよくある。だがその場合、どうしても腰使いのほうがおざなりになりがちだ。その点、男根を挿入しているのとは別の男に乳首をいじられていると、快感の質も量も全然違う。後ろにいる野崎もピストン運動に集中できるから、休むことなく怒濤の連打が送りこまれる。

「いっ、いやっ……いやいやいやいやああああーっ！」

佐代は巨乳を揺らしながら、ちぎれんばかりに首を振った。

「イッ、イッちゃうっ！　わたし、イッちゃううううーっ！　イクイクイクイクイクイクッ……はぁあああああーっ！」

野崎につかまれている腰をビクビクと震わせて、佐代はオルガスムスに駆けあがっていった。下腹の奥で爆発が起こったような衝撃が、五体の肉という肉を痙攣させた。頭の中がピンク色に染まりきってしまうほどの、経験したことがないような喜悦の暴風雨に揉みくちゃにされる。

「わっ、わたしもっ！　わたしもっ！」

香緒里が叫んだ。

「わたしもイクッ！　もうイッちゃうううーっ！」

両脚をM字に開いたまま股間をぐりぐりと男に押しつけ、やがて果てた。

「あああああっ……ああああああっ……」

「はぁあああっ……はぁああああっ……」

絶頂を噛みしめるあえぎ声を重ねあわせていると、佐代はお互いにマウントをとりあっていたことなどすっかり忘れてしまった。さすが高校時代からの親友だと思った。

いままでも、これからも、わたしたちはずっと仲がいい。

# 5

男に射精後の賢者タイムがあるように、女にも余韻の時間がある。満足度が高いオルガスムスを得たあとの、雲の上にいるようなまどろみタイム——それが嫌いな女はいないはずである。

だが……。

同時にイッたことで友情さえも再確認した佐代をよそに、香緒里の眼はまだギラついていた。理由はいろいろあるだろう。佐代のセックスレスが一年なのに対し、彼女のそれは九年にも及ぶ。一度イッたくらいでは、満足できないのかもしれない。しかも、自信満々にスパイダー騎乗位でマウントをとりにきたのに、田中は巨乳に惑わされ、佐代の胸を揉みはじめる始末。納得がいかなくてもしかたがないが……。

「ちょっとどいて……」

うつ伏せで倒れていた佐代に、香緒里が尖った声で言った。絶頂の余韻で気分がふわふわしていた佐代は、深く考えることなく場所を譲った。

(うっ、嘘でしょっ……)

佐代は驚愕に眼を見開き、叫び声をあげそうになった口を手で押さえた。四つん這いになった香緒里が野崎の男根を口唇に咥え、しゃぶりはじめたからである。「むほっ、むほっ」と鼻息を荒らげた、むさぼるようなフェラだった。

（そっ、それ、さっきまでわたしの中に……）

佐代を後ろから貫いていた男根は、佐代が漏らした蜜でネトネトに濡れ光っていた。なんなら、白濁した本気汁までついているのに、香緒里がためらうことなく口に含んだのでびっくりしてしまった。

「おおおっ、素晴らしいっ……素晴らしいっ……」

膝立ちでフェラをされている野崎は、鼻の下を伸ばしただらしない顔で喜悦に打ち震えている。佐代と香緒里は同時に果てたけれど、男たちはどちらも射精していなかった。彼らの弾倉にはまだ弾丸が残っているのである。

（そりゃわたしだって、射精させないで終わりにするのは、悪いと思ってたけど……だからって、いきなり相手を代えるなんて……）

香緒里の暴挙の原因は、やがてわかった。香緒里はフェラを中断して膝立ちになると、片手で男根をしごきながら、野崎の耳元に唇を寄せていった。

「わたしのオマンコのほうが、佐代よりキツキツで気持ちいいわよ……」

ささやくような小声だったが、佐代の耳にもしっかり聞こえた。内緒話のテイで内緒話ではない――その絶妙な匙加減の嫌がらせに、怒りがこみあげてくる。香緒里の中ではまだ、マウント合戦がノーサイドになっていないらしい。必殺のスパイダー騎乗位でも勝てなかったので、今度は抱き心地で勝負というわけか？

「ねえ、どうする？　試してみるの、佐代よりキツキツのオマンコ……」

卑語を連発するのも下品だが、ささやく表情は輪をかけていやらしかった。眉根を寄せ、上眼遣いで、唇を尖らせている。男を誘惑する娼婦そのものの顔をして、すりすりっ、すりすりっ、と男根をしごきたてる。

「おっ、お願いしますっ！」

野崎が叫ぶように言った。もう少しで土下座でもしそうな勢いだったので、佐代はがっかりした。数をこなしたいのが男の本能なのかもしれないが、けっこうサービスしてあげたつもりなのに……。

「どうやってオマンコするの？　後ろから？　前から？」

「前からでもいいですか？」

「もちろん」

香緒里は菩薩《ぼさつ》のような微笑みを浮かべてうなずくと、布団の上にあお向けになった。その両脚を、野崎がM字に割りひろげる。

「ああぁっ……」

香緒里はきゅうっと眉根を寄せて恥ずかしげに頬を赤らめたが、「嘘つけ！」と佐代は胸底で吐き捨てた。スパイダー騎乗位で男を責めたてたり、直前まで他の女を貫いていた男根をためらうことなく舐めしゃぶれる女が、両脚をひろげられたくらいで恥ずかしいわけがないではないか。

「いっ、いきますよっ……」

野崎が熱のこもった声で言い、腰を前に送りだしていく。でっぷりと太った野崎は、思った通り女に覆い被さって抱きしめるのが苦手らしい。上体を起こしたまま香緒里の両膝をつかみ、結合の光景をむさぼり眺めながらずぶずぶと貫いていく。

「あああああっ……はぁあああっ……くぅううううーっ！」

野崎が根元まで男根を埋めこむと、香緒里はしなかやな背中を弓なりに反り返した。バストの大きさは佐代の圧勝でも、そういう反応は香緒里のほうがずっとセクシーだと思った。それに加えて、彼女は表情の変化が豊かだった。

「素晴らしいっ！　素晴らしいっ！」

野崎がピストン運動を開始すると、

「ああっ、突いてっ！　もっと突いてえええーっ！」

浅ましいほど表情を蕩けさせて、肉の悦びに溺れていく。ずんずんっ、ずんずんっ、と突きあげられるほどに、紅潮した顔がくしゃくしゃになっていく。いまにも白眼さえ剝きそうなのに、次の瞬間には媚びるような上眼遣いで野崎を見つめている。

（すっ、すごいわねっ……）

香緒里の乱れる姿に、佐代は圧倒された。野崎が覆い被さらないから、女体の全貌が見えているのも大きい。ひっくり返ったカエルみたいな滑稽な姿をさらけだしているくせに、手に汗を握るほどエロティックである。

（ほっ、欲しいっ……わたしもあんなふうにっ……）

下半身に疼きを覚えた佐代の視線が向かったのは、隣の布団に居場所を失った田中だった。こちらの布団の隅っこで正座し、身をすくめている。でっぷり太っている野崎とは正反対に、田中はガリガリに痩せていた。ただ、奥手なところはそっくりと言ってよかった。こんな状況になってしまったら、残った女にむしゃぶりついてくるのが礼儀ではないだろうか？

「ちょっと……」

ジロリと睨むと、田中はますます身をすくめた。けれども、しっかりと勃起している。両手で股間を隠しているが、まるで隠しきれていない。

「あなたはどうするの？　わたしとするの？　しないの？」

「そっ、それはっ……それはそのっ……」

田中が口ごもったので、佐代はあお向けになって両脚を開いた。田中の位置からは、秘めやかな女の器官が見えているはずだった。先ほどまで野崎に突きまくられ、涎じみた発情の蜜を垂らしている女の花が……。

「失礼しますっ！」

田中はようやく覚悟を決め、佐代に覆い被さってきた。両脚の間に腰をすべりこませ、勃起しきった男根の切っ先を濡れた花園にあてがってくる。肉穴の奥が熱く疼いている。

「あああっ……」

田中が入ってくると、佐代は眉根を寄せて眼をつぶった。ずぶずぶと侵入してくる結合の感触に意識を集中すれば、体中の細胞が淫らにざわめきだす。先ほどの絶頂で満足したような気になっていたのに、こんなにも欲している。ふたりの男と続けざまにセックスしたことなんていままでにないが、そんなことなどどうでもいいと思えるほど一気に興奮が高まっていく。

「はっ、はぁうううううーっ！」

ずんっ、と最奥を突きあげられると、佐代は喉を突きだしてのけぞった。肉穴は恥ずかしいほどよく濡れていたので、結合はスムーズだった。田中がいきなり動きだしても肉と肉とがひきつれることがなく、ピッチがぐんぐんあがっていく。

「はぁああっ……はぁあああっ……はぁああああーっ！」

佐代は田中の痩せた体にしがみつき、両脚まで彼の腰にからめた。夫でも恋人でもない相手にハレンチなことをしている自覚があっても、気持ちがよすぎてよがらずにはいられない。ずんずんっ、ずんずんっ、と突きあげられれば、ちぎれんばかりに首を振り、ひいひいと喉を絞ってよがり泣いた。ずちゅぐちゅっ、ずちゅぐちゅっ、という恥ずかしい肉ずれ音さえ、興奮の炎に注ぎこまれる油に思えた。ふたりの間に挟まった巨乳が、汗にまみれてヌルヌルすべっていた。硬く尖った乳首がこすれるのが心地よく、夢心地の気分にいざなわれていく。

「ああっ、いやああああーっ！　いやああああああーっ！」

隣で香緒里が叫んだ。

「イッ、イッちゃうっ！　そんなことしたらすぐイッちゃうっ！」

上体を起こして腰を動かしている野崎の右手が、結合部付近にあった。佐代からはよく見えなかったが、おそらくクリトリスをいじっているのだろう。腰を使いながらクリまで責めるとは、野崎もなかなかやるものだ。香緒里の顔はみるみる真っ赤に染まっていき、激しいほどに身をよじる。あえぎ声と呼吸が切迫していき、汗まみれの五体がこわばっていく。

「イッ、イクッ！　イクウウウウウウーッ！」

ガクガクッ、ガクガクッ、と腰を震わせて、香緒里は絶頂に達した。白眼を剝き、開いた口から舌まで出した無防備な表情で、鼻の下を伸ばしていた。男の眼にはこれ以上なくいやらしい姿に映るだろうし、見ようによっては眼をそむけたくなるほど浅ましいかもしれない。

だが佐代は、

(可愛いな……)

と思ってしまった。高校時代からの付き合いだが、手放しで肉の悦びを嚙みしめている香緒里は、可愛いとしか言いようがなかった。

「あああっ、ダメッ……」

香緒里がイキきっているのに、野崎はピストン運動をやめなかった。顔を真っ赤にして腰を振りたてているから、彼もまた射精に至りそうなのだろう。

「ダメだからっ……そんなにしたら、またイッちゃうっ……続けてイッちゃうからああーっ！」

「香緒里っ！　香緒里っ！」

佐代が手を伸ばすと、香緒里はぎゅっと握ってきた。視線は合わなかったが、しっかりと手を繫ぎあった。力強い握り方から、喜悦が伝わってくるようだった。

「イッ、イクッ！　またイッちゃうっ！　イクイクイクイクッ……はぁあああああああーっ！　はぁあああああーっ！」

オルガスムスを迎えた香緒里が体中を痙攣させはじめると、佐代も限界に達した。

ずんずんっ、ずんずんっ、と送りこまれる田中のリズムが、体の芯に灼熱の衝撃を走らせる。

「イッ、イクッ！　わたしもイッちゃうっ！　ああっ、いいっ！　すごいっ、すごいっ、すごいっ！　イクウウッ！　イクウウウウウウーッ！」

田中の腕の中で背中を弓なりに反り返し、ビクビクと全身を震わせた。五体の肉という肉が、佐代の意思を離れて勝手に躍動していた。息ができず、眼も見えなかったが、香緒里と手を繋いでいる感覚はあった。

一緒にイクなんて、わたしたちはやっぱり仲がいい——そう思いながら、声の限りによがり泣き、女に生まれてきた悦びを嚙みしめた。

# 第六章　夢の一夜

## 1

仲村知香は恥ずかしくて顔をあげられなかった。

出会ったばかりの男に連続絶頂に導かれ、ひどく混乱していた。二十七年間生きてきて、最高のセックスだった。独身時代はそれなりにモテていたし、「この人、上手い」と思える男も中にはいたが、まるでレベルが違った。最近、夫婦生活で完全燃焼することがなくなったし、子供を産んだことで体が変わったのかもしれない。それにしたって、風呂場での立ちバックで続けざまにイカされてしまうなんて、夢にも思わなかったあり得ない事態である。

ましてや相手は年下で、誘ったのは自分なのだ。最後にはお尻を叩かれながらイッてしまったりして——恥ずかしいやら、深い自己嫌悪を覚えるやら、絶頂の衝撃が思考回路をショートさせているやらで、もうなにがなんだかわからなかった。

ただ、ひとつだけわかっていることがあるとすれば、

（もうちょっと、彼と一緒にいたいな……）

ということだった。

しかし、ここは旅館の貸切風呂。自分たちだけで独占しているのもはばかられる。そもそも宿泊者ではない男と一緒だから、節度をわきまえたほうがいい。

（となると、永瀬くんが野宿するって言ってた渓流のところしかないか……）

部屋には香緒里と佐代がいるし、もしかすると綾子も戻っているかもしれない。そんなところに、事後の匂いをぷんぷんさせながら若い男を連れていく勇気なんてあるわけがなく、彼を送っていくというテイで渓流までついていこうと思った。

ところが……。

脱衣所に出てスマホを確認すると、ＬＩＮＥのメッセージがふたつ入っていた。

――ごめんなさい。戻るの朝になりそう。

ひとつは綾子からだった。

――この埋め合わせは絶対するから、許してね。

アロママッサージのセラピストと、よろしくやっているようだった。もちろん、もう責める気にはなれない。知香にしても同じ穴のムジナだからである。

――ごめん！　居酒屋で知りあった人と盛りあがっちゃってー。

こちらは香緒里だった。

――カラオケ行くことになったから、わたしと佐代、朝まで戻れないかも。

やれやれ、と知香は胸底で溜息をついた。こちらはこちらで、居酒屋でナンパでもされたのだろう。全員が既婚者なのに、この風紀の乱れ方はいかがなものか？

(でもちょっと待って。三人とも朝まで戻らないってことは……)

部屋には誰もいないということである。永瀬を泊めるのは無理だとしても、ちょっと休憩することくらいはできるのではないだろうか？

「あのさ……」

知香はチラチラと永瀬に上眼遣いで視線を向けた。知香も平常心を失っていたが、永瀬も永瀬で気まずそうだった。ハーフのように彫りの深い顔がこわばっている。

「わたしたち、女四人で旅行に来たのね。でも、わたし以外の三人は外で飲んでて朝まで帰ってこないみたいなの」

「はあ……」

「だから、ちょっと部屋で休憩しない？　誰もいないから……」

「いいんですか？」

「うん。明るくなる前に帰ってくれれば、大丈夫だと思う……」

ふたりでいそいそと部屋に向かった。永瀬は洗濯した服に着替えていたが、知香は著ていた浴衣のままだった。もちろん下着も……。

(気持ち悪いな。やっぱりお風呂上がりは洗ったやつを着けたいわよね……)

宿の従業員と顔を合わせないように注意しながら部屋の前まで来ると、

「ちょっと待ってて」

念のため、知香が先に部屋に入って中を確認した。誰もいなかったので、安堵に胸を撫で下ろしながら永瀬を通す。

「喉渇いたよね？」

知香は冷蔵庫の中を確認した。駅前のコンビニで買ってきた缶ビールや缶チューハイが、まだ五、六本残っていた。

「好きなほう飲んでて」

缶ビールと缶チューハイを一本ずつ永瀬に渡した。

「えっ？　知香さんは……」

「うん、ちょっと着替える。すぐだから……」

永瀬を居間に残し、知香は寝室に入った。十畳以上ありそうな和室に、四組の布団が敷かれていた。修学旅行を思いだすような景色だったが、若い男が隣の部屋にいると思うと浮かれることもできず、息が苦しくなっていく。

バッグからパンティとブラジャーを出した。つやつやした光沢もセクシーな勝負下着である。

もちろん、男とどうにかなることを予想してバッグに忍ばせてきたわけではない。女同士の旅行とはいえ、いや、女同士の旅行だからこそ、安っぽい下着は着けられなかった。ヨガ教室のときはスポーティなもので充分だが、それ以外のときにダサい下着を着けているとは思われたくない。

浴衣を脱ぎ、裸になって、ゴールドベージュの下着を着けた。大人の女を演出する色合いもセクシーだが、ブラジャーはハーフカップで胸の谷間を強調しているし、パンティはTバックのうえに超ハイレグで、レースに縁取られたフロント部分が股間にぴっちり食いこんでいる。

(どんな感じなのかしら?)

この旅行のためにわざわざ百貨店で買い求めた新品だから、着けたのは初めてだった。ひとりで待たせている永瀬には申し訳ないが、どうにも気になって鏡台の前に立って鏡に掛かったカバーを取る。

(けっ、けっこうイケてるわよね……)

下着姿の自分と対面した知香は、うっとりした顔になった。さすがにお値段の張る海外のブランド品だ。下着というよりランジェリーと呼んだほうが正確に思えるほど、細部のデザインまで行き届いている。

ハーフカップのブラジャーに寄せてあげられているから、Cカップの胸がずいぶんと大きく見えた。谷間なんて、指を挟めそうなほど深い。おまけに、超ハイレグのパンティによって腰の位置が高く、脚が長く見える。スタイルに自信のない知香でも、鏡に映った自分を見てうっとりできるわけである。

（高級ランジェリーは、女の七難を隠すのね……）

普段の知香は、下着に贅沢をするほうではなかったが、贅沢をしたくなる女の気持ちがよくわかった。なにしろ、裸でいるよりもずっと色っぽいのだ。さながら、男を誘惑する牝豹《めひょう》のように……。

調子に乗った知香は、上眼遣いで鏡を見ながら親指の爪を噛んだ。気分はランジェリーの広告に出てくるファションモデルだ。

しかし、人間、調子に乗るとろくなことにならない。鏡に向かって唇を尖らせたり、瞼《まぶた》を半分落としたりしていると、想定外の悲劇が起こった。

居間と寝室を隔てている襖が開いたのだ。入ってきたのは、もちろん永瀬だった。鏡に向かってモデルの真似をしていた知香は、びっくりしすぎて悲鳴をあげることもできなかった。

「どっ、どうして勝手に入ってくるのよ？」

尖った声で、ようやくそれだけを口にした。双頬をふくらませて怒った表情を取り繕っても、恥ずかしさのあまり顔が熱くてしかたがない。

「さっきのお返しですよ」

永瀬が険しい表情で近づいてくる。

「知香さんだって、勝手にお風呂場に入ってきたじゃないですか」

「そっ、それはっ……」

しどろもどろになった知香の体を、永瀬はしげしげと眺め、

「素敵ですね……」

甘い声でささやいた。甘いのに妖しい熱を帯びていた。

「みっ、見ないでよっ！」

知香は顔から火が出そうになり、両手で胸を隠してしゃがみこもうとした。できなかったのは、しゃがむ前に永瀬に抱きしめられたからだ。

「俺、まだ満足してない……完全燃焼してないんですけど……」

耳元でささやかれた。

「まだ知香さんとしたい……知香さんがもっと欲しい……」

「あああっ……」

布団の上に押し倒されながら、眩暈のような陶酔感を覚えていた。永瀬のような若

いイケメンにそんなことを言われ、嬉しくない女はいないだろう。まだ続きができると考えただけで、下腹の奥で新鮮な蜜がじゅんとはじけた。

それにしても……。

（若いってすごい……）

感嘆せずにはいられなかった。フェラによる口内射精、さらに立ちバックでお尻に膣外射精――永瀬はすでに二回も精を放っているのだ。セックスに慣れてくると何度でもイケるようになる女と違い、男は放出するとしばらく休憩が必要なはずだった。容姿からは想像できないが、永瀬はもしかすると、とんでもない精力絶倫なのだろうか？　それとも……。

（わたしの抱き心地、そんなに気に入ってくれたの？）

鼓動を乱しきっている知香の胸を、永瀬の筋張った手がまさぐりはじめた。

## 2

「知香さん、上になってもらえますか？」

永瀬に言われ、知香はハッと我に返った。下着越しの愛撫にうっとりしているうちに、彼は服を脱いで全裸になっていた。

「上にって……騎乗位？」

少し苦手な体位だったので、知香は顔をこわばらせた。

「そうじゃなくて、こっちにお尻を向けて……」

「えっ？ そっ、それって……」

永瀬はどうやら、シックスナインをご所望らしい。知香の額から冷や汗が流れおちていく。騎乗位も苦手だが、舐めて舐められるオーラルセックスはもっと苦手だ。とくに女性上位というのは、秘めやかな後ろの器官が男の眼と鼻の先にくる。若いころに経験したことがないわけではないが、なにがいいのかわからないので、断った数のほうがはるかに多い。

それでも知香は体を起こし、前後逆向きに永瀬にまたがっていった。

（ああっ、こんな格好……）

男の上で四つん這いになると、途端に全身が熱く火照りだした。おそらく、結婚してからめっきり縁遠くなったセクシーランジェリーが、いまの知香を大胆にしていた。まだそれを着けたままなので、恥ずかしさが多少は薄れた。

それに……。

目の前でそそり勃《た》っているペニスと対峙《たいじ》すると、羞じらっていることなんてできなかった。先ほど立ちバックで続けざまにイカされたときのことを思いだし、両脚の間が淫らなほどに疼きだす。

（すごいっ、こんなにパンパン……）

根元に指を添えていけば、はちきれんばかりの硬さに圧倒された。二度も射精してなおこの勃起力ということは、永瀬はやはり精力絶倫なのかもしれない。

「くぅううっ……」

パンティ越しに割れ目をなぞられ、くぐもった声をもらしてしまう。

「この生地、見た目もゴージャスですけど、触り心地もすごいなめらかですね」

永瀬は言いながら、すうっ、すうっ、と割れ目をなぞりはじめた。パンティ越しでも、彼の指はギター弾きの指だ。ごくソフトな愛撫にもかかわらず、みるみるうちにリズムに巻きこまれていく。パンティ越しのもどかしさが逆に、知香の欲情をどこまでも煽《あお》ってくる。

このままではすぐにイカされてしまいそうだったので、

「うんあっ！」

知香は唇をひろげて亀頭をぱっくりと咥えこんだ。永瀬の指技がいくら絶妙でも、パンティ越しにいじられているだけでイッてしまうのは恥ずかしい。

「うんんっ……ぅんんっ……」

頭を振って唇をスライドさせると、

「おおおっ……」

永瀬は太い声をあげて身をよじった。知香は、シックスナインのよさが初めてわかった気がした。一方的にクンニされているより、お互いに舐めあったほうが長持ちするのだ。こちらもフェラをすれば、いったん意識をそちらに逸らすことができる。

（ああっ、いやあああっ……）

それでも、パンティの股布を横側にずらされてしまったりすると、フェラを続けていることができなくなった。ゴールドベージュのパンティはTバックだから、女の花を剝きだしにするのなんて簡単なのだ。

しかし……。

永瀬がずらしたのは後ろのほうだけだった。割れ目にはまだ股布がぴったりと密着し、パンティ越しの愛撫が続いている。

「すごいですよ、知香さん。知香さんのお尻の穴、桃色じゃないですか」

永瀬が興奮に上ずった声で言ったので、

「みっ、見ないでよ、そんなところっ！」

知香は涙声で叫んだ。セックスは丸裸でするものだから、禁断の排泄器官が眼に入ってしまうこともあるだろう。しかし、わざわざ見てくるのは反則だ。女を辱《はずか》しめる行為と言っていい。

しかし永瀬は、

「あぁっ、本当に綺麗だ……綺麗すぎて口づけしたくなっちゃいますよ……」

チュッ、チュッ、と音をたてて、すぼまりにキスをしてきた。さらには、鋭く尖らせた舌先で、細かい皺をなぞるように舐めてきたからたまらない。

「ダッ、ダメよっ！　そんなことしたらダメだからっ！　ねえ、永瀬くんっ！　ダメだからあああーっ！」

必死の哀願も永瀬には届かず、しつこくアヌスを舐めまわされる。四つん這いの体をいやいやとよじったところで、永瀬に下から腰を抱かれているので、逃げることもできない。

アヌスを舐められたことなんて初めてだったし、舐められてもくすぐったいだけだった。しかし永瀬は、パンティ越しの愛撫を同時に続けていた。すりすりっ、すりすりっ、となぞるピッチをあげていき、やがて指はクリトリスの上をかすめた。官能のスイッチボタンを、ギター弾きの指でねちっこくいじりたててくる。

「あああっ、いやあああーっ　あああああっ、いやあああああーっ！」

知香は次第に乱れていった。同時にクリトリスを刺激されると、くすぐったいはずのアヌス舐めまで気持ちよく思えてきた。そんな自分が怖すぎて、再び亀頭を頬張った。フェラチオに集中することで、これ以上乱れるのを防ごうとした。

無駄な抵抗だった。

「おおおっ……おおおおおっ……」

男根の先をしゃぶりまわされた永瀬は、太い声をもらして身をよじった。男の興奮が生々しく伝わってきたが、男は興奮すると女の体を翻弄したくなる生き物なのだ。

パンティの股布が、完全に横側にずらされた。

剝き身になった女の花に、舌が襲いかかってきた。

「はっ、はぁうううううーっ！」

貸切風呂では指だけでイカされそうになった知香だから、生温かい舌の感触は新鮮にして衝撃的だった。シックスナインのいいところがまた見つかった。前からクンニされていれば、だらしなく鼻の下を伸ばしたアヘ顔を、永瀬に見せつけてしまうところだった。

「むううっ！　むううっ！」

永瀬が鼻息を荒げて舌を躍らせる。割れ目の内側を舐められたり、花びらをしゃぶりまわされたり、それ自体も気が遠くなりそうなくらい気持ちよかったが、アヌスに鼻息がかかることとさえ快感だった。

さらに永瀬は、生身のクリトリスを指でいじってきた。ねちねち、ねちねち、と指先で転がし、女の性感という性感を刺激してくる。正気を失いそうな波状攻撃に知香はフェラを続けられなくなり、閉じることができなくなった唇からひいひいとよがり声を振りまくばかりになる。

イッてしまいそうだった。

だが、どうせイクなら永瀬と一緒がよかった。彼とひとつになった状態で、恍惚を分かちあいたかった。

(がっ、我慢よっ！　我慢するのよ、わたしっ！)

知香は四つん這いの体をぶるぶると震わせながら、オルガスムスに達するのをこらえた。イクのを我慢することが、こんなにも苦行めいているとは思わなかった。トイレを我慢する以上だったなんて、いままで考えたことすらなかった。

3

快楽に翻弄されてフェラを継続できなくなった知香だったが、それでもなんとか、目の前のペニスを握りしめてしごいていた。ほとんど無意識にやっていたことだったが、はからずもそれが功を奏したようだった。

「ちっ、知香さんっ！　知香さんっ！」

永瀬が切羽つまった声をあげた。

「もう欲しいですっ！　知香さんが欲しいっ！」

そう言って、下から抱いていた手を離してくれたので、知香は永瀬の上からおりた。永瀬がすかさず身を寄せてきて、知香をあお向けに押し倒した。

「あああっ……」

両脚をM字に割りひろげられると、知香は両手で顔を覆い隠した。

知香はまだ、ゴールドベージュのセクシーランジェリーを着けていた。結合する前に、裸より色っぽく見えるそれを奪われてしまうに違いなかった。それがとても恥ずかしかった。

しかし、永瀬はセクシーランジェリーを奪ってこなかった。クンニをしていたときと同じ要領で、股布を横側に寄せた。なるほど、知香の着けているパンティは超ハイレグのTバックだから、寄せておけば挿入の邪魔にならないだろうと永瀬は判断したのだ。あるいは彼も気に入ってくれたのかもしれない。永瀬が自分のランジェリー姿にそそられてると思うと、下腹の奥が熱く疼いた。

「あううっ……」

両脚の間でヌルリとなにかがすべった。男根の切っ先を、濡れた花園にあてがわれたようだった。せっかくイケメンとセックスしているのに、両手で視界を遮っているのは愚かな行為に思われた。両手を顔から離すと、永瀬が険しい表情でこちらを見下ろしていた。

「いっ、いきますっ……」

視線と視線をからめあわせながら、永瀬が腰を前に送りだしてくる。ずぶっ、と亀頭が割れ目に埋めこまれると、知香の顔は歪んだ。永瀬は眉間に皺を寄せた鬼の形相で、ずぶずぶと貫いてくる。ずんっ、と最奥を突きあげられると、

「あああーっ！」

知香は声をあげてのけぞった。体中が小刻みに震えだすのを、どうすることもできなかった。永瀬のペニスなら、先ほどまで貫かれていたので、サイズや硬さを体が覚えているはずだった。しかし、記憶と感覚がずれている。先ほどあたっていなかった気持ちのいいポイントに、あたっている気がする。

永瀬が抜き差しを開始すると、その感覚はますますはっきりした。おそらく、後ろから入れられるのと前から入れられるのとでは、あたるところが違うのだ。お互いの性器の角度の関係だろうが、とにかく気持ちのいいところにこすれている。永瀬の腰使いはまだスローピッチだったが、にもかかわらず、五体の肉という肉が淫らなまでにざわめきはじめる。

「あああっ……はぁあああっ……はぁああああーっ！」

ピストン運動が始まったばかりだというのに、知香は激しく身をよじった。ほとん

どのたうちまわる勢いで、髪を振り乱してよがりによがった。

永瀬は上体を起こした格好で知香の両膝をつかみ、M字開脚にしっかりと押さえこみながら、腰を動かしている。若いペニスをはちきれんばかりに勃起させ、ずぼずぼっ、ずぼずぼっ、と穿《うが》ってくる。

「ああっ、いいっ！　いいのっ！　すごいのっ！　はぁあああああーっ！」

知香はガクガクと腰を揺らしながら、右へ左へ身をよじった。なにかつかみたかったが、枕は遠くにあるし、シーツには糊が利きすぎていてつかむことができない。

本当は、永瀬の体にしがみつきたかった。しかし、上体を起こして腰を動かしている男の体は遠く、しがみつくことができない。

なぜ上体を起こしたままなのかといえば、セクシーランジェリーに妖しく飾られた知香の体を見たいからだろう。実際、ブラジャーを着けたままの胸や、フロント部分を横側に寄せている股間を、むさぼるように眺めている。

文句は言えなかった。男が女の裸を見たがるのは自然だし、女は見られて興奮する生き物だ。どうせ見られるのなら、裸より色っぽいセクシーランジェリー姿のほうが、知香にとっても都合がよかった。ひっくり返ったカエルのような不様な格好を強いられていても、ゴールドベージュの光沢のおかげで、自分に自信がもてる。エッチなシーンを演じているフランスあたりの女優のように、いやらしい男女の営みに陶酔すらしそうである。

　とはいえ、ものには限度があった。両手をバタバタさせているのは子供じみていて恥ずかしいし、なによりも落ち着かない。

「いいよっ、永瀬くんっ！　気持ちいいよっ！」

　知香は眼尻を垂らしてすがるような表情になると、永瀬に両手を伸ばしていった。永瀬が応えてくれる。指と指を交差させた恋人繋ぎでしっかりと手を握りあうと、知香は腰を浮かせた。先ほどまで両膝をつかまれていたから下半身を動かせなかったけれど、みずから股間をぐりぐりとこすりつけていく。

「おおおおおおーっ！」

　知香のハレンチな腰使いに、永瀬は激しく興奮した。正常位で下になっている女が、こんなふうに腰を動かすところを眼にしたことがないのかもしれなかった。正直、知香だって夫や彼氏を相手にこんなことをしたことはない。あまりにも気持ちがよすぎて、衝動的に体を突き動かされてしまったのである。

（ああんっ、たまらないっ……たまらないからっ……）

　自分で動くと、感じるポイントにペニスをあてることができた。ずちゅぐちゅっ、ずちゅぐちゅっ、と卑猥な肉ずれ音をたてて、知香は腰振りに没頭していく。オルガスムスが迫っているのを感じつつ、いやらしいほど股間をこすりつけていく。

そんな腰使いに、永瀬はなにかを感じたようだった。恋人繋ぎで握りあっている両手を引っぱられた。知香は上体を起こされ、対面座位に体位が移行した。

知香は永瀬の首根っこにしがみついた。イケメンとの恋人繋ぎも興奮したけれど、やはりセックスは男にしがみついてするのがいい。なんとも言えない安心感を覚えつつ呼吸を整えていると、背中のホックがはずされた。ゴールドベージュのカップが剝がされ、ふたつの胸のふくらみを露わにされた。

ブラジャーを着けたまま行為を始めたので、乳房は汗にまみれていた。ただでさえ温泉効果で体は内側からポカポカしていたので、隆起が光沢を放つほどだった。永瀬は汗をローションのように使い、ふたつの乳房をこねるように愛撫しはじめた。さらに、やわやわと裾野を揉んでは、尖った乳首をチュッと吸う。

「あううっ！」

知香は喉を突きだしてのけぞった。セクシーランジェリーを着けたまますることを望んだ以上、乳首への愛撫は諦めていた。けれども、ちょっと吸われただけで衝撃的に気持ちよく、頭の中が一瞬、真っ白になった。

しかも、永瀬の指はギター弾きの指だ。片方の乳首を口で吸いながら、もう片方を指で巧みにいじってきた。撫で転がしたりつまんだり、さらには爪を使ってコチョコチョとくすぐってきたり……。

「あああああーっ！　はぁあああああーっ！」

知香はたまらず動きだした。騎乗位はちょっと苦手でも、対面座位は好きな体位だった。男にしがみついていれば、はしたなく腰を振る姿をまじまじと見られなくてすむからだ。

「ああっ、いいっ！　いいいいいーっ！」

ぐいぐいと腰を振りたてて、性器と性器をこすりあわせる。感じるポイントにペニスをあてるコツをつかむと、クイッ、クイッ、と股間をしゃくって、新鮮な蜜をどっぷりとあふれさせる。

（ちっ、乳首がっ……乳首がっ……）

知香の腰振りが熱を帯びていくほどに、永瀬の愛撫も共鳴した。練達な指技はもちろん、チュパチュパと音をたてて吸いたてる唇の動きがいやらしくなり、舌で転がしたり甘噛みしたり、波状攻撃を繰りだしてくる。左右の乳首はもう、火を噴きそうなくらい熱くなっている。

「ああっ、いやっ！　あああっ、いやあああああーっ！」

クイッ、クイッ、クイッ、と股間をしゃくっては、ちぎれんばかりに首を振った。乳首への刺激が下腹の奥を熱くたぎらせ、腰使いのピッチは速くなっていくばかりだった。

「イッ、イッちゃいそうっ……わたし、イキそうっ……」

知香が上ずった声で言うと、永瀬は乳首から口を離した。ぎゅっと抱きしめてほしかったし、抱きしめられると思っていたが、永瀬は次の瞬間、スパーンッ！　とお尻を叩いてきた。

「ひぃいいいいいいいーっ！」

知香は眼を見開いて悲鳴をあげた。オルガスムスに向かって急上昇していた体に、急ブレーキをかけられた感じだった。

しかし、体はイキたがっていた。逃してしまった絶頂を求めて、腰の動きがとまらない。不思議なことに、お尻を叩かれる前より興奮していた。お尻を叩かれたことに興奮したのではなく、イキそうでイケなかったもどかしさが欲望を倍増させ、手のつけられない熱狂状態へと駆りたてられていく。

スパンキングプレイとは、女を虐《しいた》げる行為なのではなく、焦らしプレイの一種なのかもしれない。経験したことのないほどの興奮が、出口を求めて腰振りに熱をこめさせる。股間をしゃくるだけではなく、ぐりんっ、ぐりんっ、と腰をグラインドさせて勃起しきったペニスを肉穴の中でこねまわす。

内側の肉ひだが淫らなほどにひくひくし、ペニスに吸いついているのがわかる。ぎゅうぎゅうと食い締めている。眼もくらむような密着感と一体感に、知香は白眼まで剝きそうだった。

「イッ、イクッ……もうイッちゃうっ……」

涙眼になって、すがるように永瀬を見る。

「ねえ、イカせてっ……お願いだからこのまま っ……イッ、イキたいのっ……これ以上焦らされたら、どうにかなりそうっ……」

涙ながらの哀願は、スパーンッ！ という打擲《ちょうちゃく》音に切り裂かれた。

「ひぃいいいいいーっ！」

知香の悲鳴が打擲音に続く。しかも永瀬は、左右の尻丘をかわるがわる叩いてきた。

スパーンッ！ スパパーンッ！ とサディスティックな音をたてて……。

浴室で叩かれたときは一回だけだったので、知香は悶絶した。お尻にはたっぷり肉がついているので、音のわりには痛くはなかった。ただ、衝撃はある。何度も叩かれていると、叩かれたところが熱くなってくる。

「あああああーっ！ はぁあああああああーっ！ はぁあああああああーっ！」

知香の悲鳴があえぎ声に変わるまで、時間はかからなかった。

スパンキングは焦らしプレイの一種——そんな考えが甘かったことを思い知らされた。知香の体はすでに、興奮しきっていたのだ。その状態では、どんな刺激も快感に変わってしまうらしい。

乳首だって、最初から痛くされたら困るけれど、イク寸前にはちぎれそうなくらいひねってほしいこともある。嵐のようにお尻に襲いかかってくるスパンキングの衝撃は、やがて体の芯まで響いてきた。全身を燃え盛らせている快感と渾然一体となり、愉悦の炎に呑みこまれていく。

「おっ、おかしくなるっ！ こんなのおかしくなちゃううぅーっ！」

叫びながら、クイッ、クイッ、と股間をしゃくっている自分は、あとで思い返すと赤面するほど滑稽に違いない。みだらなほど切迫した腰使いを披露しているだけではなく、尻の双丘には絶え間なく平手打ちを受けている。乳首は永瀬の口の中にある。ただ吸われているだけでも、乳房がタプタプ揺れているから刺激がすごい。

「ダッ、ダメッ！ もうダメッ！」

知香は切羽つまった声をあげた。

「もうイカせて、永瀬くんっ！ もう我慢できないのっ！ イカせてえーっ！ イカせてえええええーっ！」

涙を流しながら哀願し、腰振りのピッチを限界まで速めていった。鋼鉄のように硬くなった若オスのペニスを、女の割れ目でしゃぶりあげる。喉から手が出そうなほど、絶頂が欲しい。

「イッ、イクッ！ 知香、イッちゃいますっ！ イクイクイクイクイクイクッ……はっ、はぁおおおーっ！　はぁおおおおおーっ！」

獣じみた声をあげて、ビクンッ、ビクンッ、と腰を跳ねさせた。下腹の奥がカッと熱くなり、全身が紅蓮の炎に包まれていくようだった。

「あああぁっ、すごいっ！　すごいいいいいいいーっ！」

痺れるような快感が、全身の肉を揉みくちゃにしていた。真っ白になった頭の中で火花がスパークし、ぎゅっと眼を閉じると瞼の裏に歓喜の熱い涙があふれた。

最高のセックスの記録はまた塗り替えられたが、のんびりと余韻に浸っていることはできなかった。

「おおおっ……出るっ……もう出るっ……」

永瀬が絞りだすような声で言ったからである。知香は絶頂の衝撃に五体をぶるぶる震わせていたが、我に返らなければならなかった。永瀬はゴムは着けていないから、中で出させるわけにはいかない。立ちバックのときは、彼がお尻に膣外射精してくれたけれど、対面座位で動かなければならないのはこちらだ。

「おっ、お口に出してっ！」

知香は衝動的に叫んでいた。

「おっ、お口にっ……わたしのお口にっ……」

言いながら腰をあげ、結合をといた。永瀬が膝立ちになったのと、知香が四つん這いになったのがほぼ同時だった。フェラチオからの口内射精の経験はあっても、セックスのフィニッシュにそれをさせたことはない。

だから失敗した。

四つん這いになって永瀬の股間に顔を近づけていくと、彼のほうがペニスを握ってしごきはじめてしまった。知香は凍りついたように固まった。自分でペニスをしごこうと思っていたからである。興奮しきった男が射精をしようとしごいているから、亀頭の位置が定まらない。口で咥えこもうとしても、うまくできない。

「おおおっ、出るっ！　もう出るっ……うおおおおおおおおーっ！」

永瀬が雄叫びをあげ、腰を反らせた。次の瞬間、ドピュッ！　と白いものが迸った。亀頭を咥えこむことができなかった知香の顔に、それはかかった。反射的に口を開けてみたものの、ドピュッ！　ドピュッ！　ドピュッ！　と放たれるイカくさい白濁液は、知香の瞼や鼻、双頬にまでべっとりとかかった。

(ひっ……なっ、なんか……ものすごい量なんですけど)

精液が眼に入らないように瞼を閉じている知香は、暗闇の中で啞然としていた。とても本日三回目の射精とは思えない量だった。長々と続き、顔中が熱い粘液にまみれた。顎からねっちょりと糸を引いて、布団にまで垂れていそうだった。

「だっ、大丈夫ですか？」

ハアハアと息をはずませながら、永瀬が声をかけてきた。

「大丈夫、気にしないで……」

知香は薄眼を開けて笑った。本当は大丈夫でもなんでもなかったが、口に出してと言ったのは自分だし、タイミングよく亀頭を口に収められなかったのも自分だ。年下の永瀬を、咎めることなどできない。

とはいえ、なんとなくこのまま終わるのもシャクだったので、

「うんああっ……」

知香は射精を終えたペニスを口に含んだ。お掃除フェラなんて知識として知っているだけだったが、永瀬のペニスが愛おしくてしようがなかった。

4

眼を覚ますと、窓の外が明るかった。

カーテンの隙間から差しこんでくる陽光がまぶしく、知香は目頭を手指で揉みながら上体を起こした。

精根尽き果てるまで快楽をむさぼってから気絶するように眠りにつき、それからまだ二時間くらいしか経っていない。

永瀬とふたりでこの部屋に移動してきてから、結局三度も立てつづけにまぐわったのだ。三度というのは射精の回数で、知香はおそらく、全部で七、八回はイカされた。貸切風呂での連続絶頂も含めると、一日で十回前後……自分で自分に呆れてしまい、自嘲の笑みをもらすこともできない。

永瀬の姿はなかった。明るくなる前に帰ってほしいと言ったので、眠っている知香を起こさずに帰ったのだろう。野宿の旅行をしているという彼が、どこに帰ったのかは定かではないが……。

(なにこれ?)

淋しさに心が凍てつきそうになっていた知香だが、枕元にメモが残されていた。

――黙って帰る非礼を許してください。

永瀬の置き手紙だった。けっこう長い。

――素晴らしい一夜をありがとうございました。そしてごめんなさい。本当は、知香さんとこういうことになってしまうことを期待して、僕はこの旅館までついてきたんです。というのも、知香さんが亡くなった先生によく似ていたから……瓜二つとまでは言いませんが、大人なのに可愛い感じがそっくりで、三カ月前に恋人を亡くしたばかりの男がそんなことをしてはいけないとわかっていながら、知香さんとしてしまいました。正直に言えば、最初は先生のことを思いだしながら、エッチしていました。

でもその……抱き心地は知香さんのほうがずっとよかったから、僕もつい夢中になって何度も何度も知香さんを求めて……最後のほうになると、僕の頭の中から先生は消えていました。知香さんとエッチすることに興奮していたし、エッチすればするほど知香さんのことが好きになっていきました。もっと一緒にいたかったし、もっとエッチしたかった……でも、僕がここにいて友達に見つかったら知香さんも立場がなくなるでしょうから、いったん姿を消します。でも、できるならもう一度会いたい。もう一度、知香さんの中に入って恍惚を分かちあいたい。旅先で知りあった野宿者がなにを言っているのだと思われるでしょうが、本気で好きになってしまいました。いつでもいいから連絡ください。野宿者の僕は、知香さんがいるところならどこにでも行きます。

最後に電話番号とＬＩＮＥのＩＤが記されて、手紙は終わっていた。

知香は目頭が熱くなるのをどうすることもできなかった。子持ちの既婚者であることを隠して行なったワンナイトスタンドだった。永瀬の気持ちを受けとめてしまえば、家庭はいったいどうなってしまうのだろうと思った。そういう不安があるにしろ、いまはただ嬉しかった。手紙を読み返しながら、嬉し涙をさめざめと流した。

（やっぱり、恋は人生の花なのね。わたし、こんなに胸が躍ってる……）

とはいえ、時刻は午前六時を過ぎていた。そろそろ外泊した三人のうちの誰かが帰ってきてもおかしくない。

四組の布団が敷かれた広い寝室には、ゆうべの荒淫の痕跡《こんせき》がありありと残っていた。脱ぎ散らかされたゴールドベージュのセクシーランジェリーは、ここで情事が行なわれたことを饒舌《じょうぜつ》に物語っていたし、ぐしゃぐしゃになった布団は、その情事が激しかったことのなによりの証拠だった。

急いで片づけなければならなかったが、その前に知香は裸だった。自分では気づかないが、全身の素肌という素肌が、発情したメスの匂いを漂わせているはずだった。もちろん、両脚の間はもっと強烈な匂いを……。

（お布団を片づけたら、温泉に入ってこなきゃ……）

そわそわしながら胸底でつぶやいたときだった。部屋の扉が開かれ、どやどやと人が入ってくる気配がした。寝室の襖は閉まっていたので、全裸でいるところこそ見られなかったものの、皺くちゃの浴衣をあわてて羽織って帯を結んだところで、襖が開いた。綾子と香緒里と佐代が、唖然とした顔で立ち尽くす。

（もう、ダメだ……）

知香はすべてを諦めた。こんな状況を見られてしまっては、どんな言い訳をしたって取り繕うことなどできない。

もはや、男を連れこんでなにが悪い、と開き直るしかなかった。そもそも、せっかく旅行に来たというのに、彼女たちが外泊なんてするから、こんなことになったのである。

それに、全員が同じ穴のムジナだった。三人とも、女性ホルモンをこれでもかと活性化させた、つやつやの肌をしている。「セラピストに口説かれた」と公言して宴を中座した綾子はもちろん、香緒里と佐代だってセックスしてきたに決まっている。マッチングアプリを使ったのか、外でナンパされたのかは知らないが、色香が昨日の三割増しだ。

「なんかすいませーん、部屋をめちゃくちゃにしちゃって……」

知香はエヘヘと笑って頭をかきつつ、開き直った口調で言った。言いながら、足元に脱ぎ散らかしてあるゴールドベージュの下着をさりげなく布団の下に押しこんでいく。いくらなんでも、これは生々しすぎる。さらに永瀬の置き手紙も、さっと拾って浴衣の袖の中に……。

「実はそのう……みんな帰ってこないんで、外で散歩してるとき知りあった若い男の子を連れこんじゃったんですよね。アハハ、やっぱ若いってすごいですねー。全然そんなふうに見えないのに、精力絶倫……」

こういう場合、自分から白状したほうが傷が浅くなるものだ。男なんて連れこんでいない、セックスなんてしていないとシラを切れば、相手は追及してくる。逆にこちらからあけすけに言ってしまえば、からかうくらいのことしかできない。

しかし……。

なんだか様子がおかしかった。三人は知香をからかうでもなく、同じ穴のムジナだと連帯感を示すこともなく、眉をひそめて目配せしあっている。知香の態度に腹を立てているというより、心配されているような気配がする。

「あのさ……わたしたち、帰ってくるとき駅前でばったり会ったんだけど……」

綾子が話を切りだした。

「ここの宿って、駅から一本道じゃない？　道幅の狭い、だらだらした上り坂が延々と続いて……」

知香がうなずくと、綾子は続けた。

「わたしたち、あの道で若い男とすれ違ったのよ。横にそれる道はないし、坂の上にある旅館はここだけ。まあ、民家はあるでしょうけど、地元の人っていうより、いかにも旅人な雰囲気だったし……」

「そうそう……」

佐代が話を引き受ける。

「背が高くてカッコいい男の子だったけど、『あの子どっかで見たことない？』って話になって、イケメン俳優からアーティストまでいろいろ名前をあげていったんだけど、全然そうじゃなくて……」

「正解を出したのは……」

香緒里が得意げに手をあげた。

「趣味がネット・パトロールのわたし。芸能人でもなければ、ＹｏｕＴｕｂｅｒでもなく、もちろん青年実業家の類いでもなくて、詐欺師だったの。ロマンス詐欺の！」

「はあ？」

知香は素っ頓狂な声をあげてしまった。

「なっ、なんなんですか、ロマンス詐欺って？」

「色仕掛けでお金を騙しとるんでしょ」

佐代が苦りきった顔で言い、

「この部屋に来たの、まさかその男じゃないわよねえ？」

香緒里が詰め寄ってくる。

「そっ、そんなっ……違いますよっ……たしかに背が高くてカッコいい子だったけど、そんな詐欺なんて……悪いことするようには……」

しどろもどろになる知香に向かって、香緒里はスマホの画面を向けてきた。まるで水戸黄門の印籠《いんろう》を出す、格さんのように……。

「この男じゃないわよね？」

知香は息を呑んで眼を泳がせた。スマホの画面に映っているのは、永瀬以外の男には見えなかった。

「ふうーっ」

三人は揃って深い溜息をもらした。知香の顔色で、すべてを察したようだった。

「この男、詐欺師だから名前はコロコロ変わるらしいけど、とにかくこの五、六年、日本全国のあちこちに出没しては、ロマンス詐欺を繰り返してるらしいの」

「ちょ、ちょっと待ってください。この五、六年って……」

永瀬は二十歳と言っていたから、その話が本当なら中学生くらいから詐欺師をやっていることになる。

「名前と一緒で正確な年齢もわからないらしいけど、三十歳を超えているって説が有力みたい。見た目は若く見えるけど……」

「でもその、そんな人がどうして逮捕されないんですか？　指名手配されているのに逃亡中とか、捕まったけど脱獄してきたとか……」

「まさか」

香緒里は苦笑した。

「わたしがこの男のことを知ったのは、匿名《とくめい》アングラ掲示板なの。やり口があんまりウケるんで綾子さんや佐代にも教えてあげたんだけど、逮捕されてないから表のメディアではまったく報道されてないわけ」

「たっ、逮捕されていないんですか？」

知香が首をかしげる。そろそろ頭がこんがらがりそうだ。

「被害者がいないからよ」

綾子が話を引き取って言った。

「色仕掛けで女から大金を引っぱってるのに、女のほうがわたしは被害に遭ってませんって言うらしいの。彼とは一世一代の純愛でした、とか……」

「セックスがものすごく上手いんですよね？」

佐代がニヤニヤしながら言うと、

「そうなの！」

綾子が眼を輝かせた。

「とにかく女をメロメロにする、ものすごいベッドテクの持ち主なんだって。とくに指の愛撫が上手いらしいけど、AV女優や風俗嬢からも大金を引っぱってたらしいから、タダ者じゃないことはたしかよ」

「どうだった？」

香緒里が好奇心も露わに、肘でつんつんしてくる。

「ロマンス詐欺師のセックス、ものすごかった？」

「いっ、いやあ……」

知香は腕組みをして首をひねった。

「ふっ、普通じゃないですかねえ。ごく普通……」

言葉を濁すと、三人は眼を見合わせてニヤニヤ笑った。

「またまた、そんなこと言ってぇ……四人の中であなたのお肌がいちばんプルンプルンだもん。すごかったんだろうなあ、ロマンス詐欺師のセックス」

香緒里が下卑《げび》た笑いを浮かべて言うと、知香の顔は真っ赤に染まった。

「知香ちゃんにも、今度アングラ掲示板のスクショ送ってあげる。騙された女が全員うっとりしたお花畑で、夫や彼氏が地団駄踏んでる地獄絵図」

「とにかくしっかりしてね、知香ちゃん！」

綾子が声音をあらため、知香の双肩をつかんできた。

「相手は詐欺師なんだから、間違っても関係を続けたらダメよ。あと一回だけなんて言ってるうちに沼に嵌《は》めるのが詐欺師ってやつだから。連絡先を交換したなら、すぐにブロックしなさい。詐欺師からのＬＩＮＥなんて見なくてもいい。わたしたち全員、ゆうべは羽目をはずしちゃったけど、それはそれだから。帰り道に香緒里さんや佐代さんと話してたんだけど、東京に帰ったら今度はしっかり家族サービスしましょうって……ね、あなたもそうしなさい。なんならダンナとエッチしなさい」

「……はい」

知香はがっくりとうなだれた。

(ロマンス詐欺か……そうよね、考えてみたら三カ月前に恋人が死んだとか、まるで安っぽいメロドラマだもん……)

だからといって、永瀬を恨む気にはなれなかった。夜も眠れない子育てと無神経な夫に板挟みにされた毎日の中で、身も心も蕩《とろ》けそうなほど甘い夢を見せてくれたからである。

もちろん、知香だって家庭を壊すのは嫌だから、あとでこっそり永瀬の置き手紙は捨てるだろう。もう一回会えば沼に嵌まり、すぐに首まで浸かって抜けだせなくなり、笑顔で大金を差しだしている自分があまりにもリアルに想像できた。

だが、もしお金を騙しとられても、永瀬のことは恨まないような気がする。被害に遭っても被害者と名乗りでない女たちの気持ちが、知香にはよくわかった。よくわかるからこそ、永瀬には二度と会わないつもりだった。

「じゃあ、お布団片づけて朝ごはんを待ちましょうか。知香ちゃんは、食事の前にお風呂入ってきなさい。片づけは引き受けるから」

「……すいません」

肩を落として部屋を出ていこうとする知香をよそに、他の三人は異常に盛りあがっていた。

「ねえねえ、朝ごはん食べながらビール飲んじゃおうか」

綾子が言うと、「さんせーい」の声があがった。

「わたし、熱燗いっちゃおうかな」

「焼酎のお湯割りも捨てがたいわね」

香緒里も佐代もはしゃいでいる。

「いいわよ。わたし昨日、いのいちばんに宴会中座しちゃったから、お酒はわたしの奢《おご》り」

「やったー」という声を背中で受けとめながら、知香は部屋を出た。永瀬の置き手紙をビリビリに破いて廊下のゴミ箱に捨てた。お風呂からあがったら、浴びるようにお酒を飲もうと思った。正体を失って酔い潰れるまで飲みまくろう。

そうして後は、

（ロマンスカーで帰るのか……）

ふーっ、と深い溜息をつくと、眼尻にしょっぱい涙が浮かんだ。

（了）

＊本作品はフィクションです。作品内に登場する人名、地名、団体名等は実在のものとは関係ありません。

長編小説

人妻《ひとづま》 完堕《かんお》ち温泉旅行《おんせんりよこう》

草凪《くさなぎ》 優《ゆう》

2024年4月8日　初版第一刷発行

ブックデザイン…………………… 橋元浩明(sowhat.Inc.)

発行所……………………………… 株式会社竹書房
〒102-0075　東京都千代田区三番町8－1
三番町東急ビル6F
email：info@takeshobo.co.jp
https://www.takeshobo.co.jp

印刷・製本……………………… 中央精版印刷株式会社